JN072270

アニク
ヴィハーンとシシィの間に授かった
獣人の赤ん坊。一歳。
ヴィハーン（ラージャ）
獣人のアルファ。迷宮都市アブーワを
治める公爵であり迷宮探索における
トップランカー。
シシィ（ヴィヴィアン）
孤児のオメガ。ヴィハーンとパーティー
を組み迷宮攻略中、恋に落ちて伴侶
となる。

獣人アルファと恋の攻略

CROSS NOVELS

成瀬かの
NOVEL:Kano Naruse

央川みはら
ILLUST:Mihara Okawa

CROSS NOVELS

イシャン
くぅ
公爵家の庭に隠れていたアニクと仲良しの魔物。
ロニー
一見、地味だが実は貴重な空間魔法の使い手。シシィの部下。
ダーシャ
ヴィハーンに輿入れするため王都から来た王女。
エドモン
かつてラーヒズヤ卿のパーティーメンバーだったエルフ。

CONTENTS

CROSS NOVELS

CONTENTS

獣人アルファと恋の攻略

Beastman α and Love Strategy

CROSS NOVELS

心臓の鼓動が早い。壊れてしまいそうだ。

目覚めてからしばらくの間、シシィは自分がどこにいるのかわからず、身を固くしていた。

明るい部屋。見慣れた調度品。

小鳥の囀《さえず》りが聞こえてくる。横向きになったシシィを背後から抱え込んでいるのは、シシィの誰より愛するつがい、ヴィハーンの腕だ。

なあんだ。

ここは迷宮《ダンジョン》を抱くアブーワの領主が構える屋敷、この部屋は夫婦の寝室だ。ほっとしたシシィはヴィハーンの腕から抜け出そうとしてぴきんと固まった。

え……？　入ってる……⁉

間違いない。確かに中にヴィハーンがいる。

どうしよう。ヴィハーンが起きる前に何とかして抜かないと。

そろそろと前へずれようとしたら、耳に艶めいた声が吹き込まれた。

「起きたか、シシィ」

おまけに長いしっぽでするりと太腿《ふともも》を撫でられ、シシィはひゃあと間の抜けた悲鳴を上げる。反射的に動こうとすると中にいるヴィハーンを締めつけてしまい、甘いさざなみが広がった。

「……っ、動かないで……っ」

獣人の旦那さまがシシィの襟足《えりあし》に鼻を埋める。

「ああ、発情期《ヒート》は終わってしまったか。シシィの中はずっとこうしていたいくらい心地いいが仕方がない。退散するとしよう」

腰が引かれ、平常時でも太く長いモノがずるんと後ろから抜き出される。ほっとしたのも束の間、生ぬるい体液が溢《あふ》れ出てきて、かあっと顔が熱くなった。

「あ……」

蕾《つぼみ》を締めて堰《せ》き止めなきゃと思うのに、うまく力が入らない。あわあわしている間に白く濁った液体が尻を伝う。量の多さに昨夜どれだけヴィハーンに愛されたか思い出してしまい、シシィは敷布《シーツ》に顔を埋めた。

「うう……」

「動くな。今、拭く」

機嫌よく耳をひくつかせ、ヴィハーンが起き上がる。シシィは目を上げ、ヴィハーンの何も纏《まと》っていない上半身をこっそり眺めた。

——何て綺麗なんだろう。

公爵であると同時に現役の探索者《シーカー》——迷宮に潜り、魔物を狩る人のことをこう呼ぶ——であるヴィハーンの肉体は野生の獣のようにしなやかだ。黒く丸っこい耳はキュートだし、長いしっぽは本人と違って懐っこい。やたらと鋭い赤い瞳も、いつもは固く引き結ばれていることの多い唇も、今ばかりは愛おしげに緩められている。何より寝乱れた長い黒髪が色っぽくて。

こんな素敵な人が僕の旦那さまだなんて、夢みたいだ……なんて思っていたら、ヴィハーンが傍《そば》に脱ぎ捨てられていたシャツを引き寄せ、下からすくい上げるようにして愛液交じりの白濁を拭き始めた。

「えっ⁉　ヴィハーン、いいです。そんなこと、自分でやります」

「遠慮するな。自分で出したものは自分で片づける。――おまえが毎日アニク《クルタ》に言っていることだぞ、ヴィヴィアン」

笑いを含んだ声を耳に流し込まれ、腰骨の辺りが痺れる。こんな時だけヴィヴィアンと呼ぶなんて反則だ。

――ヴィハーンのせいだ……っ。ヴィハーンがこんな時ばっかり本名で呼んだりするから……！

ヴィヴィアンはシシィの本当の名だ。でも、立派すぎて気恥ずかしいので、いつもはシシィ《弱虫》で通している。名前は名前でしかないはずなのに、実際、ヴィハーンに会うまでは何ともなかったのに、最近ヴィヴィアンと呼ばれるとそれだけでえっちな気分になるようになってしまって、凄く困る。

結局、尻の狭間《はざま》まで拭かれてしまい、シシィは頭の上まで敷布を引っ張り上げた。

恥ずかしい。他人《ひと》にこんなところを拭ってもらうなんて、まるで赤ちゃん《アニク》みたいだ。

ヴィハーンは始末を終えると、真っ赤になって震えているシシィを膝《ひざ》の上に抱き上げた。大きな掌《てのひら》が臍《へそ》の下を撫でる。それだけでは足りずヴィハーンは長躯を丸め、祈るように平たい腹の上、ちょうど子が宿る器官の上にくちづけた。

シシィはオメガだ。発情期が来ると特有のにおいでアルファを誘い子を作ろうとする、繁殖に特化した生き物。

孤児であり何の後ろ盾もないシシィが公爵家嫡男《ちゃくなん》であったヴィハーンと一緒になれたのは、だからだった。オメガは極めて妊娠しやすいから、血を重んじる貴族の間でも、身分差を無視してつがいにし、子を産ませるということが当たり前に行われているのだ。もっともヴィハーンとシシィは他のつがいとは違って子を産むために娶《めあわ》せられたのではなく、運命のつがいだったのだけれども。

——運命、か。

シシィは、はにかんだ笑みを浮かべる。

シシィがヴィハーンにうなじを噛まれ、つがいにされてしまったのは、まだたった三歳の時だった。ヴィハーンは離れて暮らしている間にシシィを忘れてしまったけれど、殺到する求愛のどれにも心動かされることなく色気のない日々を送り、再会するとそれまでが嘘のようにシシィにのめり込んだ。シシィはといえば、己をベータだと思い込むくらい晩熟だったが、ヴィハーンと再会することによってオメガ性を開花させた。初めてのヒートで子供《アニク》まで授かって、今では幸せいっぱいだ。アニクももう一歳。腹を触る仕草から察するに、ヴィハーンは第二子を望んでいるのだろうけれど。

うーん……。

シシィはヴィハーンの黒髪に光る守り石を指先でいじる。貴族の嗜みとしてつけているこれらの石は、ヴィハーンの場合、ただの宝石ではない。迷宮産で、呪いを寄せつけないとか魔法攻撃を弾くといった効果がある。

綺麗だなと思って見ていただけなのに、ヴィハーンが石を外し、シシィの髪につけようとする。

「もう。身を守るためにつけてるものを簡単に人にあげては駄目です」

戻そうとしたら抵抗したので、えいやと押さえ込んだところで、ノックの音がした。プラディープ老とカビーアがヴィハーンの朝の支度を手伝いに来たのだろう。シシィは慌《あわ》てて乱れまくった諸々を取り繕う。

「あ……っ、ま、待ってください……！」

着るものを探していると、ヴィハーンが上掛けの間にまぎれていた寝間着を見つけてくれた。シシィが急いで頭からかぶっている間にヴィハーンも腰布を纏う。

「じい、カビーア。入っていいぞ」

シシィはぎょっとした。寝台の上はぐちゃぐちゃだし室内にはまだ濃い性のにおいが立ち籠《こ》めているのに、どうして入っていいなんて言っちゃうの⁉

「おはようございます、ぼっちゃま。シシィさま」

入ってきた老若二人の獣人はいい笑顔を主に向けると、てきぱきと窓を開け、床に散らばっている衣類を拾い始めた。

「あっ、あっ、ごめんなさいっ、そんなの僕が片づけますから……っ」

そんな、どこにナニがついているかわからないものに触らないで欲しい。シシィは慌てて寝台を下りようとしたが、爪先が床に着くより早くヴィハーンに引き戻されてしまった。

「シシィ、カビーアたちの仕事を奪うな」

おまけに雑巾代わりにしたシャツや下着をプラディープ老に渡そうとするヴィハーンに、シシィは内心やめてと悲鳴を上げる。

このお屋敷に来てから一年半が経ち、使用人にお世話してもらうのにも慣れてきたつもりでいた。でも、どうしても無理だというものがいくつかある。発情期の後始末はその筆頭だ。

「ぼっちゃまのおっしゃる通りです。シシィさま、どうかお気になさらず」

プラディープ老は皺《しわ》の刻まれた顔に品のある微笑を浮かべている。気を使ってくれているのだろうけれど、シシィは恥ずかしくていたたまれなくて、消え入りそうな気分になった。

「でも……」

「些事《さじ》は私どもに任せて、シシィさまはどうか、ご自分にしかできない仕事に傾注してください」

「僕にしかできない仕事……？」

プラディープ老によく似た面差しを持つ——孫なのだから当然だ——少年が微笑む。

「アニクさまですよ」

シシィははっとした。そうだ、僕、発情期に入ってから一歳になる息子に会っていない。子守りが大好きな家族が預かってくれているから心配はいらないけれど、アニクは母さま大好きっ子だ。急に顔を見せなくなった自分を恋しがっていやしないだろうか。すぐにでも会いにいかなければと思ったけれど、こんな格好では駄目だ。躯《からだ》を清めないと。

プラディープ老が浴室に繋《つな》がる扉を開き一礼する。

「湯浴みの用意は調っております」

「ありがとうございます。ヴィハーン、先にお風呂使っていいですか？」

シシィはいそいそと寝台を下りようとした。だが、膝に力が入らない。そのままへたりと床に座り込んでしまう。

「……」

どうしよう。これじゃ今の今までヤりまくっていたみたいだ。……そうではないとは言えないけれど。

立とうにも下半身に力が入らず項垂《うなだ》れていると、ヴィハーンが軽々と抱き上げてくれた。

「すまない。また無理をさせてしまったようだな」

「ヴィハーン」

「運んでやる。摑《つか》まれ」

ヴィハーンは獣人だから躯が大きく膂力《りょりょく》にも優れている。シシィを持ち上げるくらいわけない仕事だ。

浴室まで運ばれ、湯船の中へ下ろされる。シシィがあたたかい湯の中に落ち着くと、ヴィハーンは手の甲でシシィの頰を撫でてくれた。

「そういえば、昨夜は随分《ずいぶん》と魘《うな》されていたな。怖い夢でも見たのか?」

「え」

シシィの頭の中を、抜けるように蒼い空とごつい指輪、それから強烈な絶望感が過《よぎ》った。

「……どうだったかな……もう忘れちゃいました」

本当は覚えていたけれどヴィハーンに教えたくなくて、シシィは嘘をつく。にっこり微笑んでみせると、紅玉《こうぎょく》の瞳が翳《かげ》りを帯びたような気がした。

◇　◇　◇

弟たちとご機嫌で遊んでいたアニクは、シシィが来たのに気がつくなり顔をくしゃくしゃにした。

「かーた……っ」

泣きながら猛然と這《は》ってくる息子の可愛さときたら、胸が痛くなるほどだ。シシィは膝を突くと、しがみついてきた息子を抱き締め、キスの雨を降らせる。

「ごめんね、アニク。淋しい思いをさせて」

「うえ、うええ……っ」

ぴんと立ったちっちゃなしっぽがぴるぴると震えている。アニクは耳もしっぽも黒くて、ヴィハーンにそっくりだ。

「よかった、発情期が終わったんですね」

シシィと一緒に入ってきたヴィハーンを見て、遊ぶ幼《おさ》な子《ご》たちを見守っていたヴィハーンの弟、ルドラもソファから立ち上がった。

ヴィハーンと違って髪が短く雰囲気もやわらかいこの青年は、いつも公務の補佐だけでなくアニクやシシィの弟たちの面倒まで見てくれる申し訳ないくらいいい人だ。暴走《スタンピード》――迷宮から魔物が溢れ出す災禍――後、社交という名の情報収集のため妻が愛娘のチャリタを連れ王都へ行ってしまったので淋しいのかもしれない。

「いつもすまんな」

「とーた」

シシィにぎゅっぎゅっしてもらい満足したアニクが父親へと手を伸ばす。ヴィハーンは当然抱いてやろうとしたが、ルドラにひょいと取り上げられてしまった。

「何をする」

「兄上は公務の時間です」

シシィが何日もヴィハーンを独占していたせいで、決裁待ちの書類が山のように溜まっているらしい。許されたのはキス一つだけ、ヴィハーンはすぐさま執務室へと連行されていってしまった。シシィにぎゅっぎゅしてもらおうと順番待ちしていた弟たちも座学の時間だと連れて行かれる。アニクと二人、広い部屋に取り残されたシシィは食堂に行くことにした。食事もそこそこに交わり続けていたせいで、お腹がぺこぺこだ。昼食には少し早い時間だけど、何かしら食べさせてくれるだろう。

「アニクも果実水を貰おうか」

「じゅーちゅ！」

嬉しそうに顔を輝かせるアニクは多分この世界で一番可愛い。

だだっ広い食堂に入って長いテーブルの定位置に腰を下ろすと、すぐにあたたかなポタージュが運ばれてきた。よくできた料理番はシシィがいつ来てもすぐ食事ができるように用意してくれていたのだ。

両手持ちのカップで果実水を飲むアニクの隣でポタージュを啜《すす》りながら、シシィは今朝方見た夢を反芻《はんすう》する。

ヴィハーンと二人きり、シシィは砂漠の縁に立っていた。

――どうした、急に。砂漠を見たいだなんて。

砂漠を渡ってきた乾いた風に、羽織った外套《がいとう》の裾《すそ》がはたはたと翻《ひるがえ》る。二人はなぜか迷宮用の装備

に身を包んでいた。

——明日はいよいよ迷宮攻略だから、ゆっくり話をしたかったんです。ここに来れば二人きりになれるでしょう？

——……そうだな。

——これ、あげます。使ってください。

シシィは親指に通していた大きすぎる指輪を外し、ヴィハーンの指にはめた。

——収納の魔法具か。……ありがとう？

既に収納の魔法具を持っているヴィハーンは怪訝《けげん》そうな顔をしたが、受け取ってくれる。

——中にね、いつもごはん作るのに使っている大鍋や器、調味料を大量に入れておきました。料理の仕方は弟たちに教えてあるから、任せちゃってください。紅苔桃《べにこけもも》のパイもたくさん入れたのでおやつに食べてくださいね？　精霊の供物にする必要はないです。皆が帰ってくるまで、僕、毎日お屋敷の厨房《ちゆうぼう》でパイを焼きますから。

——待て、何を言っている。

顔色をなくしたヴィハーンが遮《さえぎ》ろうとするが、シシィは説明を続けた。

——水石《アクアロック》や火石《コール》、霊薬も、探索に何ヶ月かかっても大丈夫なくらい入れました。着替えも——。

——シシィ！

怒っているような声を出すヴィハーンの瞳が哀しそうに揺れている。胸が痛んで仕方がなかったけれど、シシィはもはや目を背けてはいられない。

——わかってるんでしょう？　僕は迷宮には一緒に行けません。

ヴィハーンの長い黒髪が一際強い風に踊る。

ほとんど雨の降らないアブーワの空は夢の中でも蒼く、どこまでも高くて。

「シシィさま、お客さまです」

カビーアの声に、シシィはふっと我に返った。食堂の中は相変わらずやわらかな午前の光に満ちている。とっくに果実水を飲み終わったアニクはテーブルに上って鉢の果物を検分するのに一生懸命だ。カビーアに連れてこられたらしい気の弱そうな青年が食堂を覗《のぞ》き込んでいるのを見たシシィは、笑みを浮かべつつ首を傾《かし》げた。

「こんにちは、ロニー。どうしたんですか、今日は？」

「あの、こんにちは。昨日寮に来るっておっしゃっていたのに来られなかったので、どうしたのかと思って」

「あ……そうだ、約束していたんだっけ。実は僕、思っていたより早く発情期に入っちゃって」

発情期に入り子作りのこと以外何も考えられなくなってしまったせいで、ロニーとの約束をすっぽかしてしまったことをようやく思い出したシシィは眉尻を下げた。

悪いのはシシィなのに、ロニーが申し訳なさそうに顔を赤らめる。

「そうだったんですね。すみません、気がつかなくて」

発情期について口にさせるなんて、配慮が足りない振る舞いだとでも思っているのだろう。両親がしっかりしているのかロニーは優しく、気の配り方が細やかだ。

「そんな、連絡もしなかった僕がいけなかったんですから謝らないでください。あ、そうだ、お昼、これからですよね？　カビーア、お料理、ロニーの分もお願いしてくれる？」

「え、そんな、申し訳ないです」

ロニーは恐縮したけれど、シシィは席を立ち、角を挟んで隣の椅子を引いた。

「遠慮しないで、座ってください。僕、実はさっき起きたところで、これから朝ごはんなんです。でも、一人で食べるのって味気ないから、ロニーがつきあってくれると嬉しいんですけど……」

「ええと、あの、そういうことなら」

ロニーは一年ほど前に家族と一緒にワーヤーン帝国からアブーワにやってきた、地味な茶色の髪をいただいた痩《や》せっぽちの青年だ。貴重な空間魔法の使い手で、今はアブーワ領主の庇護下で収納の魔法具作製に従事している。去年の暴走時にはこの特異な魔法を使い、魔物殲滅《せんめつ》作戦を支えてくれた。現在もシシィの要請に応えて、ある魔法具の開発に取り組んでくれている。

運ばれてきたポタージュを啜ったロニーが目を見開いた。

「これ、美味《おい》しいですね」

「何のポタージュかわかります？」

「いえ……でも、キノコ、ですか？」

もう一口味わってみて、ロニーは首を傾げた。シシィも匙《さじ》を取ると、ミルクとはまた違う独特の甘みがある液体を舌の上で転がす。

「当たりです。これは霊茸《れいしよう》」

「えっ、迷宮産の⁉　老人でさえ元気になるっていう、あの？」

「そう、その霊茸です。普通は煮出した汁をミルクで溶くんですけど、これは薬効を一滴たりとも失わないよう霊茸自体を擂《す》り下ろして裏ごしした上、歯ごたえも楽しめるように蒸した霊茸をトッピングした贅沢《ぜいたく》仕様にしてあるんです。他では口にできない代物ですからじっくり味わって食べてくださいね」

外で同じものを作らせたら金貨が飛ぶ代物だ。匙を握るロニーの手が心なしか震えだしたところで、料理番が黄金色のソースがかかった皿を運んできた。

「大爪蟹《ジャイアントクラブ》のステーキです」

ロニーが目を剝《む》く。

「凄いですね。公爵家ではいつも朝からこんなご馳走を食べているんですか？」

「そんなことないです。でも、迷宮で大爪蟹尽くしを作った時に、僕、気がついちゃったんです。大爪蟹を食べると躯が軽くなるって。以前から食べるよう心掛けてはいたんだけど、それからは料理番にお願いして僕だけ毎日極力たくさん大爪蟹を食べられる料理を用意してもらっています。躯にいいっていう霊茸や黒棗《くろなつめ》も」

溜息が食堂に響く。

「庶民にはとても真似できないですね」

「おかげで大分体力が戻ってきました」

「シシィさまだけ用意してもらってるってことは、やっぱり次のお子のためなんですか？」

「え……？」

大爪蟹は産後の肥立《ひだ》ちにいいことで有名だ。さっき発情期明けだと明かしたばかりだし、公爵家の跡継ぎを作るためならどれだけの贅沢だって惜しくはないに決まっている。ロニーがそう思うのも無理はない。

その通りだと笑えばいいのにとっさに表情を繕えず固まってしまったシシィに、ロニーが萎《しお》れた。

「えっとあの……すみません、僕また余計なことを言ってしまったんですね」

シシィは慌てて首を振る。

「そんなことないです。普通、貴族がオメガをつがいに迎え入れるのはたくさん子を産んで欲しいからですし」

「じゃあ、どうして——あっ、もちろん言いたくないんなら言わなくていいんですけど」

シシィはさりげなく辺りを見回し、躯をロニーの方へと傾けた。

「……内緒にしておいてくれます？」

ロニーの喉仏《のどぼとけ》がこくりと上下する。

「もちろんです」

とっくに飲み終わった果実水のコップをひっくり返してみたり中を覗き込んでみたりしているアニクが危険なことに手を出さないか視界の端で見張りつつ、シシィは明かした。

「発情期のオメガは凄く妊娠しやすいはずなのに、僕、アニク以後なかなか二人目ができないし落ちた体力も回復しなかったでしょう？　だからアニクを取り上げてくれたお医者さんにどうしてか聞きに行ったんです。そうしたら、僕、アニクを産む時、一度心臓が止まったみたい」

「ええ⁉」

ロニーの声が、がらんとした食堂に反響した。

自分で出したくせにロニーは驚いたような顔をして両手で口を覆う。

シシィは声を潜め、話を続けた。

「僕は男オメガだから骨盤が小さくて、なかなかアニクが出てこなかったし出血も凄かったんですって。迷宮産の秘薬や水薬《ポーション》を湯水のように使えたから命は繋げたけど、まだ次の子を孕《はら》めるほど躯が回復していないのかもしれませんねって言われて」

シシィはそっと自分の下腹部に掌を当てた。

「えっ、じゃあ二人目は作らない方がいいんじゃ」

「それは駄目です。皆、僕に一人でも多くアルファの子を産んで欲しいと思っているんです。アニクがアルファでなかった場合のことを考えたら、あと二人は産まないと」

アルファの子はできにくい。オメガとつがえばできる確率は格段に上がるけれど確実ではないし、できた子がアルファかどうかは大きくなるまでわからない。だから貴族の家に嫁いだオメガは可能な限りたくさんの子を産む。

「大丈夫です。また秘薬や水薬を山ほど用意しておけばいいんですし」

「でっ、でも、怖くないですか？」

怖いに決まっているけれど、シシィは孤児だった自分を家族として迎え入れてくれた公爵家の人たちが大好きなのだ。彼らの好意に報いたいし、何よりヴィハーンの子なら何人だって欲しい。

――大丈夫。迷宮産の薬の威力は絶大だもの。体力はまた落ちてしまうかもしれないけれど、死にはしない。

「あの、このお話、領主さまには」

「言ってません。ロニーも絶対に言わないでくださいね」

ロニーが物言いたげな顔をする。言った方がいいと思っているのだろう。でも、言ったらヴィハーンが心配して、二人目なんかいらないと言いだすかもしれない。そんなのは駄目だ。

シシィは話を変えることにした。

「それより、検証の結果を報告しに来てくれたんですよね？　聞かせてください。食べながらでかまいませんから」

パンをちぎって食べてみせると、ロニーも思い出したようにポタージュを口に運んで表情を緩めた。

「ええと、ジュールさまから『門《ゲート》』に結界魔法を仕込んだ魔法使いをご紹介いただいて、王都の大神殿まで会いに行ってきました」

「あれを作ったのって、神職にある方だったんですね」

この世界の魔法には色々な種類がある。内在する魔力を消費して発動する魔法——大抵の探索者《シーカー》たちが使っているのがこれだ——、精霊の力を借りる精霊魔法、そして神職にある者たちだけが使えるといわれている神聖魔法だ。

「残念ですが、あれは大掛かりな前準備が必要で、シシィさまの役には立たなそうでした。引き続き七色天道《レインボウ・レイディバグ》の鞘翅《しょうし》に結界魔法を付与しようと頑張っているんですけど、やっぱり空間魔法と違って全然手応えがないです。思うんですけど、収納の魔法が七色天道の鞘翅にしか付与できないように、結界魔法も特定の素材にしか付与できないいんじゃないないでしょうか」

空間魔法の使い手たちは謎の空間に膨大な量の物品を収納することができる。七色天道の鞘翅に空間魔法を付与して、謎の空間に誰でも物をしまえるようにすることもできる。

その応用で任意の空間を他から切り離す《結界を張る》こともできるけれど、この魔法を付与した魔法具の製作にはいまだ成功していない。

「やっぱりそういうことなんでしょうか……。じゃあ次はどの素材なら可能か、片っ端から試してみてもらっていいですか？　鞘翅みたいに特定の部位しか駄目となったら内臓から外殻まで一々《いちいち》全部試さなきゃならないし、凄く大変だと思うけれど」

「あの、そもそもどうしてシシィさまはそんな魔法具が欲しいんですか？　次の暴走への備えですか？　もしそうなら、また僕が――」

「ああ、違います」

シシィは悪戯《いたずら》っぽい笑みを浮かべた。

「僕が魔法具作製をお願いしたのは、アブーワ大迷宮《グレートダンジョン》の攻略作戦に参加するためです」

「――ええええええ!?」

ロニーの大声に、アニクがびっくりしてしっぽを膨《ふく》らませた。

「ふえ……っ」

「ああ、大丈夫大丈夫。びっくりしちゃった？　何も怖いことはないからねー」

アニクをだっこして背中をとんとんしてやるシシィに、ロニーは詰め寄る。

「大声出してすみません。でも、シシィさまがアブーワ大迷宮の攻略に挑むなんて、冗談、ですよね？」

「……ロニーって、僕が探索者であることを知らなかったけ？」

「知ってますけど、アブーワ大迷宮の最下層には領主さまだって辿《たど》り着いたことがないんですよ？　それに、シシィさまはオメガじゃありませんか」

発情期のオメガのにおいはアルファだけでなく迷宮の魔物をも惹《ひ》きつける。つがいができれば他のアルファは影響されなくなるが、魔物に対する吸引力は変わらない。だから普通、オメガは探索者にならない。でもにおいさえ閉じ込めることができれば他の探索者と同じ。無闇に魔物に襲われることはなくなるのだ。

「だからいつでも結界を展開できる魔法具が欲しいんです」

「あ……ああー……」

理解できたらしく、ロニーが頭を抱えた。

もし迷宮上層を探索する程度なら魔法具はいらない。上層の魔物は弱いし、発情期が来そうだと思った時点で昇降機を使って地上に戻ればいいからだ。でも、攻略となるとそうはいかない。アブーワ大迷宮は深い。底に着くまで何ヶ月どころか一年以上かかるかもしれないといわれている。深ければ深いほど魔物は強くなる。もしにおいを何とかできなければ、仲間を殺すことになりかねない。

――僕は迷宮には一緒に行けません。

ふっとまた、夢の一節が蘇る。

もちろんぎりぎりまで足掻くつもりでいるけれど、魔法具ができなければシシィは攻略作戦参加を諦めざるを得ない。

「あっ、でもロニーが一緒に来てくれれば、結界が張れるから魔法具なんかなくても」

「むっ、無理です、僕に迷宮なんて。それに空間魔法はシシィさまだって使えるじゃありませんか」

「眠っている間は結界を張れないです。発情期の間も、子作りで頭がいっぱいになっちゃうから駄目なんじゃないかな」

冗談だったのに、ロニーは半泣きになって宣言した。

「ひょ、標本をくだされば僕が全部試して魔法具を完成させます。だからお願いですから、僕を迷宮に連れていこうとか考えるのはやめてください」

「ありがとう、ロニー。後で手持ちの魔物の素材を寮まで届けさせますね。それにしても最初に収納の魔法具を作った人って凄いですよね。どうして七色天道の鞘翅に空間魔法を付与してみようなんて思いついたんだろう……」

料理を食べ終わりお茶を飲んでいると、ヴィハーンに仕事をさせているはずのルドラが来た。

「シシィ！」

切羽詰まった表情に、シシィは素早く立ち上がる。

「どうしたんですか。まさかまた迷宮に何か……？」

ルドラはなぜか気まずそうに目を逸らした。

「いえ、迷宮ではありません。その、すみません、シシィ。僕たちも彼らがこんなに早く動くとは思わなくて——」

「彼ら？」

ルドラは一度強く目を瞑《つむ》ると、覚悟を決めたらしい。とんでもない言葉を言い放った。

「第四王女、ダーシャさまが王都から来ました。兄上のつがいになるために」

◇　◇　◇

領主の館へとまっすぐ延びる大通りを馬車の連なりがしずしずと進んでゆく。

アブーワは大迷宮《グレートダンジョン》を擁する迷宮都市だ。迷宮《ダンジョン》見物にやってくる他国の貴人や王都の貴族は珍しくないが、今回の客人はいつもと毛色が違った。砂漠を渡るための馬車と言えば無骨なものと相場が決まっているのに、揃いの白い馬車は見るからに造りが華奢《きゃしゃ》な上に華美な装飾が施されていたのだ。蹄《ひづめ》を鳴らす馬は白馬ばかり、白を基調にした鎧《よろい》を纏った護衛たちは容姿端麗で騎士というより役者のようだ。

どうやらあの馬車には『迷宮都市《アブーワ》の覇者《ラージャ》』に輿入《こしい》れするためやってきたお姫さまが乗っているらしい。そんな噂がアブーワ中を駆け巡る。

どこまでも優美な一行が領主の屋敷の前で歩みを止めると、公爵らしく髪を梳り麗々しく着飾ったヴィハーンが扉を開けるため歩み寄った。

手を取られて馬車から降り立った女性はまだ少女と言っていいほど若く、年齢を気にしているのか、燃えるような赤毛を大人っぽく結い上げている。瞳の色は鮮やかな碧《あお》だ。シシィも小柄だがもっと小さくて、躯つきときたら今にも折れそうなほど華奢だ。

「おお、あれが第四王女のダーシャさまか。ほう、これはなかなか」

一行を見下ろせる部屋の窓辺には、やに下がった顔をした厳つい男たちが雁首《がんくび》を並べていた。

「お人形みたいだな」

「ダーシャさまは、ジャジャラディ王国の紅玉と謳《うた》われているというぜ。どうせ吹いてんだろうと思ってたが、この美貌なら納得だな。確か、オメガなんだっけか？」

彼らはヴィハーン率いるアブーワ大迷宮攻略計画に協力してくれている探索者《シーカー》だ。しかもランカーと呼ばれる精鋭揃《ぞろ》いである。ロニーとの約束同様失念していたが、シシィは今日、彼らと打ち合わせの約束をしていた。彼らがここに集合したのはそのためのはずなのだが。

「早めに来てよかったぜ。外からじゃとてもお姫さまの顔までは見えねーからな」

皆、打ち合わせよりお姫さまに夢中だ。

部屋には二十人近い獣人の幼な子——シシィの弟——にルドラ、シシィと一緒に食堂から移動してきたロニーもいて、ダーシャたちを注視していた。シシィは無言だが、ロニーなどは随分と憤っている。

「あの、これ、どういうことですか？　領主さまにはもう、シシィさまがいらっしゃるのに」

ルドラが苦笑した。

「何の後ろ盾もない孤児なんて気にする必要もないと思っているんでしょう。あるいは無理を通すことで示したいのかもしれません。僕たちは結局、あの人たちに従う以外ないのだと」

「これまでは従ってなかったんですか？」

「だって、あの人たちときたら、青竜の鱗《武器の材料》や霊茸《貴重な医薬品》を全部王都に送れって言うんですよ？　そんなことをしたら、深層の探索なんてとてもできないし、深層の探索ができなければ青竜《ドラゴン》の鱗《うろこ》も霊茸も手に入らなくなるのに。何を優先すべきかも理解できない馬鹿の言うことに従ってなんかいられませんよ」

話している間に色々と思い出してしまったらしい。ルドラが熱くなる。

「それだけじゃありません。あの馬鹿どもは、暴走《スタンピード》の時にワーヤーンの力を借りたことについても、アブーワはジャジャラディ王国をないがしろにしてワーヤーンに擦《す》り寄る気じゃないかって勘ぐっているんです。自分たちはろくろく支援もしてくれなかったくせに！　多分王族は、王女を輿入れさせることによってアブーワの支配を確固としたものにするつもりです。もちろん、そうは問屋が卸《おろ》しませんけどね！」

「きにいらねーな。ししー、くだらねーことゆーやつみんな、おれたちが、しめあげてやろーか？」

真っ先に声を張り上げたシュリアはシシィの弟だ。といってもシシィもシュリアも孤児。同じ人に拾われて育てられたというだけで、血が繋がっているわけではない。

「らいじょーぶ、ししー。おむたちがね、おひめさま、おいかえしてあげる！」

茶トラの毛並みが愛らしい弟その二、オムも、ふんすと鼻息を荒くした。

弟その三、ドゥルーブが躯を揺する。

「どぅるーぶもー！　ししー、きーてるー？」

窓に張りついていたシシィがようやくお姫さまから目を離した。

「……可愛い……」

その場に居合わせた全員が驚愕《きようがく》した。

「はあ⁉　お姫さまのこと、言ってんのか⁉」

「シシィはあーゆー女が好みか！」

シシィが頬をほんのりと上気させる。

「好みっていうか……普通に可愛くありませんか？　ちっちゃくてお人形さんみたいにどこもかしこも整っていて、髪なんてさらさらつやつやで。これぞアルファの夢見るオメガそのものって感じですよね」

「ええー。えええー」

「シシィも充分可愛いと思うが」

そうフォローしたのはシン。『比類なきいさおし《ヴァロー・エクストラオーディナリー》』というパーティーを率いる腕利き《うでき》の探索者だ。

「そんな気を遣わなくていいです。自分のことは自分が一番よく知ってます」

緩やかに波打つ卵色の髪と勿忘草色《わすれなぐさいろ》の瞳はちょっと珍しいけれど、シシィが思うにそれだけだ。

「うっ、そっ、そうか。でもっ、ラージャが権力になびいて他のオメガをつがいにするわけないってことはわかってんだよな？　褒めるのは心の余裕の表れって奴だよな？」

「あー、なるほどー」

「そりゃそーだよな。ワーヤーン帝国の第五皇子《おうじ》相手に一歩も引かなかったくらいだ、あのラージャが今更自国の王女に求婚されて、シシィをないがしろにするわけがねえ」

「お姫さまが帰るまでちっとの我慢だ」

探索者たちはうんうんと頷いたが、シシィの弟たちは収まらない。

「おいおまえら。なに、ま、いっかってくーきになってんだ」

シュリアが声を張り上げると、オムも近くにいる探索者の服の裾をくいくい引っ張る。

「ね、みんなであのおひめさま、おいかえそ？」

「ししーも、なんでおひめさま、ほめるのー？」

おっとりとした喋《しゃべ》り方のドゥルーブまでそんなことを言いだし、シシィは困ってしまった。

「え、だって、本当に可愛いし」

オメガの、特に女オメガの容姿はアルファの歓心を得ることに特化しておりとても艶やかだが、生まれ育ちのせいだろうか、ダーシャの美しさには本当に目を瞠るものがあったのだ。

「つか、おっそろしーこと言うちびどもだな」

「しゃあねえ、おちびちゃんにはまだ、お姫さまの魅力がわかんねーんだろ」

ランカーたちに笑われた幼な子たちの目つきが険悪さを増す。あっまずいと思った時だった。シュリアが噴火した。

「おまえら、わかってんのか！？　あいつらはししーかららーじゃをとろーとしてんだぞ！？」

幼な子の本気の怒気をぶつけられた大人たちがたじろぐ。

「ししー、よーやくかぞく、できたのにっ。こじじゃ、なくなったのにっ」

「おにーちゃんたちもー、ししーはこじだからー、なにされてもいーって、おもってんのー？」

オムとドゥルーブにも泣かんばかりの勢いで怒られ、探索者たちは気まずそうに顔を見合わせた。

「いや、それは……」

「ししーも！　つがいをかすめとられようとしてんだぞ、はらがたたねーのか！？」

次いで矛先を向けられたシシィは苦笑する。

「えっ、……と。失礼だとは思ったけど、王族相手に怒ったってしょうがないし、言いたいこと全部シュリアたちが言ってくれたから、何かすっきりしちゃったかも。……ありがとうね、シュリア、オム、ドゥルーブ」

頭を撫でられた幼な子たちは口をへの字にひん曲げた。

「じいじ、いってた。こじってだけで、ばかにするやつはいる。そうゆーやつには、がつんといっぱつ、くらわせてやんなきゃだめだって」

ルドラを始めとする大人たちが引く。

「凄い教育方針ですね……」

だが、同じ教育を受けて育ったシシィが動じることはない。平然と話の舵《かじ》を修正する。

「その時は必ず退路を確保してからとも言ってたよね？　よく考えて。僕たちは逃げられても、お義父《とう》さまやルドラさんたちが代わりに仕返しされちゃうかもしれないでしょう？　だから、お姫さまに手出ししちゃ駄目。みんな、我慢して？」

「ごぜんもるどらも、つれてにげればいーー！」

「みんな、きっと厭だって言うよ？　ここにはみんなが大好きなものがいっぱいあるんだから。そういう時はどうしろっておじいちゃん言ってた？」

口を尖《とが》らせつつもオムが答えた。

「んと、まず、じょーほーしゅーしゅー」

ドゥルーブが続く。

「こーどーにうつすにしてもー、だれがやったかー、わかんないよーにやれーって」

「それから、我慢するのも大事だって言ってたよね？　時が巡ってくるのを待てって。ということで、今日は予定通り中層に昇降機を設置する計画について話しあいます。ここじゃ皆、集中できなそうだから、食堂に移動しましょう」

まだお姫さまたちを眺めていたいランカーたちからえーっという声が上がったが、幼な子たちにじとっとした目で睨まれては居座るわけにはいかない。ぞろぞろと移動し始める。アニクをだっこしたシシィが殿《しんがり》につくと、シュリアが隣に並び、服の裾を握った。

「だいじょうぶか、ししー」

シシィはにっこりと笑う。

「大丈夫。皆も言ってたでしょう？　ヴィハーンは僕を愛しているし、相手の身分が高いからといって忖度《そんたく》するような人じゃないって。きっとすぐいつもの無愛想な態度でお姫さまを怒らせて、これまでと同じ日々が戻ってくるんじゃないかな」

そう言って頭を撫でてやると、シュリアの耳がふるんと跳《は》ねた。

◇　◇　◇

ダーシャ及びその随従たちは、アブーワにいる間、屋敷に滞在することになったらしい。シシィは客間のある棟には入らないよう言われた上、食事もアニクや幼な子たちと一緒に自室で取って欲しいと言われた。

弟たちは怒ったが、シシィは喜んで受け入れた。目を離すと弟たちが何をしでかすかわからないし、王女さまと一緒の食事なんて緊張して味がわからなくなるに決まっている。ごはんは美味しく食べたい。それにその方が、発情期《ヒート》の間ほったらかしにせざるを得なかったアニクへの埋め合わせだってしやすそうだ。

とはいえ早く王都に帰ってくれないかなあ……と思いながらシシィは庭でのんびりアニクを遊ばせる。公爵家の庭は砂漠と海に囲まれ真水の乏しいアブーワにあるにもかかわらず緑豊かだ。領主の屋敷がみすぼらしくては威信にかかわると、水石《アクアロック》をふんだんに使い池まで設けてあるので、他では見ない珍しい動物がいつの間にか棲み着いていたりする。

「かーた、あい」

毟《むし》った芝生を握った小さな手が目の前に突き出される。

アニクは綺麗に刈り込まれた芝生の上に、おむつに包まれた大きなお尻をぺたんとつけて座っていた。おむつの後ろからまだ短いしっぽがぴょこんと飛び出しているのがたまらなく愛らしい。

「くれるの？　ありがとう、アニク」

「くふん」

アニクはもう一摑み芝生を毟ると、シシィの膝から胸の上へと乗り上がってきた。

「かーた、あー」

「うわ、アニク。母さま、芝生は食べられないよ」

シシィが緑色に汚れた拳《こぶし》を突きつけるアニクから顔を背けてくすくす笑っていると、茂みの中から小鳥が飛び立った。

「こんにちは、シシィ」

甘ったるい少女の声に、シシィは飛び起きる。

建物から大分離れた場所まで来たからまさか遭遇することはあるまいと思っていたのに、ダーシャがいた。侍女や護衛騎士をぞろぞろ連れている。

——やっぱり、凄く可愛い……！

ダーシャもまた獣人で、頭の上には一対の丸っこい獣耳がついていた。まだ少し幼さが残る顔立ちが愛らしい。

シシィは急いで地面に膝を突き、頭《こうべ》を垂れた。

「お初にお目に掛かります、ダーシャさま。アブーワに到着された日に窓からお姿を覗き見て、何てお可愛らしい方なんだろうと思っておりましたが、近くで見ると本当に花の妖精のようですね……！」

褒められて気をよくしたのか、ダーシャが鈴を振るような声で笑う。

「うふふ、そう畏《かしこ》まらなくていいわ。わたくしもあなたに会ってみたかったの。その子、ヴィハーンさまのお子？　わたくしも、抱いてみたいわ」

シシィは慌ててきょとんとしているアニクを抱き寄せた。

これだけ可愛い子のご要望である。何でも聞いてあげたいところだけれど、アニクは駄目だ。

「申し訳ありません。草むらで遊ばせたため汚れております。抱いたら草の汁どころか潰《つぶ》れた蟻《あり》がお召し物についてしまうかも」

静かだった侍女たちが鳥のように囀り始めた。

まあ汚《きたな》らしい。辺境の地では赤子をこんなところで遊ばせるの？　不潔だわ、病気になってしまう……。

ダーシャが残念そうに溜息をつく。

「服を汚されるのは困るわ。この衣装はヴィハーンさまにお会いするため、王都で一番人気の工房に仕立てさせたものなのよ？」

華奢な指で摘まれたストールは色鮮やかで上品な光沢を放っていた。その下には金糸銀糸で複雑な文様を描かれた中衣を纏っている。時々きらりと光るのは宝石でも縫いつけてあるのだろうか。

アニクの相手をするのだからと簡素なシャツとズボン、装身具はといえば宝石一つついていない腕輪のみという姿のシシィとはえらい違いだ。

「わたくしね、十歳の時に初めてヴィハーンさまにお会いしましたの」

いきなり始まった話に、シシィは勿忘草色の瞳を瞬《また》かせた。

「そうなんですか？」

「アブーワ大迷宮《グレートダンジョン》で自ら狩ったという魔物の剝製を献上にいらしたヴィハーンさまは眼光鋭く、頼もしくて……実戦経験などない王都の騎士たちとは違う、本物の英雄なんだって一目でわかりましたわ」

護衛騎士たちが悔しそうな顔をする。

おそらくダーシャが見たヴィハーンは貴族風に着飾っていたのだろう。きちんとしていれば高貴な顔立ちといい際立った長躯といい、実に見栄えのする男なのだ。

「それから他の殿方がちっとも素敵に見えなくなってしまって、わたくし、ヴィハーンさまに恋をしてしまったのだと気づきましたの。ずっとヴィハーンさまが求愛してくださる日を心待ちにしていたのに、たかが人の、それも男オメガに騙《だま》されてつがいになってしまったと聞いて、わたくしがどんなに傷ついたかおわかりになりまして？」

侍女たちがまた囀る。

何てお可哀想なのでしょう。ヴィハーンさまこそ姫さまの運命のつがいに違いありませんのに。卑怯な手を使ってヴィハーンさまを掠《かす》め取っておいて、よく平気な顔をして姫さまの前にいられるわね。

「ねえ、シシィ。ヴィハーンさまをわたくしに返してくださらない？」

綺麗に紅を引いた唇を弓なりにたわめ、ダーシャがシシィの前に小さな革袋を放る。落ちた拍子に口が開き、金貨が零《こぼ》れた。

「これは」

「わたくしからの気持ちよ。市井《しせい》で育った孤児には過分だったかしら。明日まで時間をあげるわ。この屋敷から出ていって。ああ、アブーワにいては駄目よ。どこか遠く……そうね、ワーヤーン帝国がいいわ。船旅はきっと楽しくてよ？」

くすくすと侍女たちが笑う。

シシィは感心した。さすが王女さま。見た目はか弱そうなのに強《したた》かだ。普通なら言う通りにするのだろうけど。

「あの、申し訳ありませんが、ご希望には添いかねます」

ダーシャの赤い艶やかな毛に覆われたしっぽが鞭《むち》のようにうねった。

「……ごめんなさい、わたくし、急に耳が悪くなってしまったみたい。あなた今、何て言ったのかしら？」

シシィは飽きてしまったのかもぞもぞしているアニクを抱き直し、補足する。

「アブーワから出ていくことはできません。今、僕たちはアブーワ大迷宮攻略の準備をしているんです。僕が消えたら計画に支障がでます」

「王国はアブーワ大迷宮の攻略を認めていません」

シシィの言葉にダーシャがかぶせる。王族は暴走後も、貴重な素材を産出する大迷宮を枯らすなんてとんでもないと、攻略に反対しているのだ。

「あの、でも、また暴走《スタンピード》が起こって深層の魔物が出てきたら、ジャジャラディ王国が滅ぼされてしまうかもしれないんですよ……？」

「まあ大袈裟ね。魔物が出てきたら退治すればいいだけのことでしょう？　ジャジャラディ王国には強い騎士や兵士が大勢いるわ。探索者《シーカー》だって。魔物を狩るのがあの人たちの仕事なのではなくって？」

どうやらこのお姫さまは深層の魔物を相手取れる探索者がどれほど少ないかも、たった一匹魔物を逃すだけでどれだけの被害が出るかも理解していないようだ。

「えーと、アブーワ攻略についてダーシャさまがどう思っていらっしゃるかは理解しました。ヴィハーンに伝えておきますね」

アニクを抱きかかえ立ち上がったシシィに、ダーシャが声を震わせる。

「まあ、あなた、わたくしの命令に従わない気？　……何が起こっても知らないわよ？」

——えっ。僕、脅迫されている……？

ちょっとびっくりしたけれど、お姫さまはつんと顎《あご》を反らし踵《きびす》を返す姿でさえ可愛らしく、危機感を抱けないままシシィはしずしずと去って行く一行を見送る。

◇　◇　◇

お姫さまに宣戦布告されてしまった。

翌日、シシィはルドラの執務室でソファに座り、膝の上に向かいあわせに乗せたアニクの拳を上げたり下げたり開いたりして遊ばせていた。手を動かすたび、アニクが弾けるような笑い声を上げる。

「ルドラさん、もしお姫さまが僕にちょっかい出してきたって聞いたら、ヴィハーン、どうすると思います？」

シシィはまだ昨日のことをヴィハーンに報告できていない。迷いつつ切りだすと、書類をめくっていたルドラが手を止め、うーんと唸《うな》った。

「烈火のごとく怒るでしょうね。お姫さまを王都に追い返すかもしれません」

公爵家は、アブーワ迷宮から産出される貴重な品々を巡って王都と微妙な緊張関係にある。王女を追い返したりしたら、まずいことになるに違いない。

本当にヴィハーンはダーシャの求愛を退けられるのだろうか。

ふっと不安が兆《きざ》したけれど、皆も大丈夫と言っていたし、きっと大丈夫なのだろう。シシィだけならともかくアニクもいるのだ。この子を不幸にするような真似をヴィハーンがするはずがない。

「そうですよね。じゃあやっぱり報告しない方が……」

「でも、後で知ったらもっと大変なことになると思いますよ？　主にシシィが」

「うっ」

シシィは溜息をつくと、アニクを抱えたままソファの上に横倒しになった。ヴィハーンは朝食を終えてすぐ姿を消している。ダーシャに呼びつけられたのだ。

お姫さま、今頃ヴィハーンを口説いたりしているのかなあ……。

ヴィハーンにしなだれかかるお姫さまを想像し、シシィは溜息をつく。美男美女の組みあわせである。絵になるに違いない。見てみたいけれど門前払いを食らわされるのは確実だ。ぐらぐらする気持ちをどうにもできず目の前にあった餅《もち》のようなほっぺを甘噛みしてみたら、アニクがきゃーっと喜びの声を上げた。口の中に指を突っ込まれたのであぐあぐしていると、誰かやってくる。

「ルドラさま、大変です！」

カビーアだ。公爵家の使用人らしくいつもは落ち着いた振る舞いを見せる少年の取り乱した姿に、シシィは腹筋だけを使い躯を起こした。

「どうしたんですか？」

「あ、シシィさまもこちらにいらしたんですね。来てください、ヴィハーンさまが倒れられました！」

ヴィハーンが……？

シシィがソファから跳ね起きる。

「アニクさまは僕が預かります。一階の廊下にいらっしゃいますから、お早く……！」

カビーアにアニクを渡すと、シシィは礼儀作法をかなぐり捨て走りだした。精霊魔法まで発動させ全速力で疾走し、階段まで来ると踊り場まで一息に跳躍する。そんなことを繰り返して一階に着くと、木漏れ陽《こもび》がちらちら揺れる開放的な廊下に倒れているヴィハーンが目に飛び込んできた。すぐ脇にプラディープ老がしゃがみ込み、必死に呼びかけている。

信じられなかった。シシィの知るヴィハーンは強くて、相手が魔物でも他国の皇子でも負けたことがない。それなのに意識を失い、無防備に倒れてる？

世界が揺らぐ。間違っているという気がする。でも、冷静に考えればヴィハーンだって人間、無敵ではないのだ。

「ふう、はあ、やっと追いついた。シシィ、兄上は？」

階段の上にルドラが現れる。どこかのんきな声に我に返ったシシィは、ヴィハーンに駆け寄り膝を突いた。

「ヴィハーン！　ヴィハーン、どうしたんですか？　大丈夫ですか⁉」

重い頭を持ち上げて膝に乗せ、顔を隠していた長い黒髪を退けようとしたら、握り潰されるのではと思うほど強い力で手首を摑まれた。

「……っ」

驚き固まるシシィを、黒髪の陰から爛々《らんらん》と光る血色の目が睨み据える。

「誰だ」

その場に居合わせた全員が息を吞《の》んだ。ルドラもまた、ヴィハーンの傍に膝を突く。

「兄上、僕が誰かはわかりますか？」

ヴィハーンは眉を顰《ひそ》めた。

「いや」

「自分の名前は？　ここがどこかは？」

「わからない。……頭がガンガンする……」

シシィを押しのけるようにして起き上がったヴィハーンは視界を塞《ふさ》ぐ髪を鬱陶《うっとう》しそうに掻き上げつつ呟《つぶや》く。

「ここは、どこだ。私は、何者なのだ……？」

シシィは愕然《がくぜん》とした。

——覚えてないの……？　僕のことも、ルドラのことも、自分が何者なのかも。

どうしてと考えた時、毒花のように甘い声が廊下に響いた。

「ヴィハーンさま！」

侍女や護衛騎士を引き連れたダーシャがしずしずとやってくる。ダーシャは心配するどころか、笑み崩れていた。

「だからわたくしの部屋で少し休まれた方がいいと申し上げましたのに。倒れられたと聞いて、わたくし、心配で心臓が潰れそうになってしまいましたわ。早くお医者さまに診《み》ていただきましょう？　あなたたち、ヴィハーンさまをわたくしの部屋へ」

ルドラが慌てて阻止しようとする。

「お気持ちはありがたいですが、兄上の手当ては僕たちでいたします」

「まあ、こちらの方が早いですわ。階段を上がればすぐですもの。それにわたくし、無理を言って主治医についてきてもらっておりますの。王都一の名医ですのよ」

「王からお預かりした大事な客人のお手を煩わせるわけにはいきません」

「つがいになる方のことですもの、遠慮は無用ですわ。何をしているの、早く運びなさい」

護衛騎士が進み出る。シシィは反射的にヴィハーンを庇《かば》おうと身を寄せ——押しのけられた。

「……え？」

シシィは目を見開く。

何で？

頭ではわかる。今のヴィハーンにはシシィが誰なのか、敵なのか味方なのかさえわからないのだと。

でも、ショックだった。ヴィハーンはシシィを拒絶したのだ。

「ダーシャさま、結構ですと申し上げました」

シシィの代わりにルドラが護衛騎士の前に割って入る。お姫さまが愛らしく首を傾げた。

「ねえ、あなた？　わたくしが部屋に運べと言ってるんですのよ？」

ルドラのしっぽがぶわっと膨らんだ。

「ルドラと言ったかしら。立場をわきまえなさい。あなた、ヴィハーンさまの弟とはいえ継ぐ爵位もないのでしょう？　つまり平民風情が、このわたくしの指示に逆らおうだなんて——ここが王城だったら、首が落ちていたかもしれなくてよ？」

侍女たちがくすくす笑う。

「さあ皆、治療が遅れてヴィハーンさまがどうにかなってしまわれては大変だわ」

「その通りですわ」

「さ、こちらに」

シシィはヴィハーンを連れていこうとする護衛騎士たちの手を払いのけた。

「この人に触らないでください……っ」

ヴィハーンの髪についていた守り石が減っている。呪い除けの効果がある奴だ。きっとダーシャだ。このお姫さまがこの人をいいように操るために盗んで、何かやったのだ。だから、ヴィハーンは何もかも忘れてしまった。氷のような目でシシィを見るようになった。——卑怯なのはどっちだろう。

こんなことをする人にヴィハーンは渡せない。

「貴様……！」

叩《はた》かれた護衛騎士が剣へと手を伸ばす。シシィは瞬時に覚悟を決めた。王女さまご一行を相手取るなんて狂気の沙汰だけど、こうなったらやるしかない。多分向こうは殺す気で来る。こういう時は目撃者を残すなって、おじいちゃん言ってた……！

だが、護衛騎士は白銀に光る刀身を拳の幅ほど抜き出したところで動きを止めた。

なぜだろうと目を凝《こ》らし、シシィは息を呑む。いつの間に抜いたのか、ヴィハーンのナイフが護衛騎士の腕に突き立てられていた。

「ぼっちゃま」

プラディープ老が色を失う。ナイフを抜いた途端迸《ほとばし》った血に悲鳴が上がった。騒ぐ人々の声が聞こえているのか聞こえていないのか、ヴィハーンは不思議そうにナイフを眺めている。まるで、プラディープ老に声を掛けられて初めて自分が何をしたのか気づいたかのように。

ヴィハーンのそんな様子をシシィは瞬きもせず見つめた。

今のは目の前で剣を抜かれたから反射的に手が出てしまっただけ？　それとも、シシィを守ろうとした……？

——わからないけれど、ヴィハーンは僕のことを完全に忘れてしまったわけじゃないのかもしれない。

「頭が割れそうだ……殺気を放つのをやめろ。神経に障《さわ》る」

ヴィハーンがこめかみを押さえつつナイフを鞘に戻す。すぐさまダーシャがヴィハーンの片腕にぶらさがるようにしなだれかかった。

「まあ、いけないわ。皆、ヴィハーンさまのために、殺気を収めてちょうだい」

命令に従い、護衛騎士たちが剣を収める。

「さあ、ヴィハーンさま。こちらですわ」

ダーシャに促されるまま歩きだしたヴィハーンに、ルドラが色を失った。

「兄上⁉」

後を追おうとしてプラディープ老に肩を強く摑まれ、足を止める。

護衛騎士たちが剣の柄を摑み、ルドラを睨み据えていた。

ダーシャが振り返り、勝ち誇ったような笑みを浮かべる。

「ヴィハーンさまの頭痛のおかげで命拾いしたわね。それではごきげんよう」

シシィたちはどうすることもできないまま一行を見送った。

◇　◇　◇

おとなしく一人遊びしていたアニクがちっちゃな耳をぴんと立て、顔を上げた。絨毯《じゅうたん》の上に両手を突いておむつに包まれた大きなお尻を持ち上げ立ち上がろうとしたけれど、そのままぺたんと尻餅をつく。

「じーじ」

長靴《ブーツ》を鳴らし部屋に入ってきた義父が蕩《とろ》けるような笑みを浮かべた。

「おお、アニク」

「お義父さま、ヴィハーンは」

ルドラとシシィも期待に腰を浮かす。ルドラやシシィが駄目でも前公爵である義父なら王女も耳を貸すはずという計算のもと出向いてもらったのだが、結果は思わしくなかったらしい。孫を抱き上げソファに腰を下ろした義父の表情は険しかった。

「すまん、顔も見られなかった。誰かに呪いを掛けられた、誰が掛けたかわかるまでは何人《なんぴと》たりとも会わせるわけにはいかないの一点張りだ」

「白々しい。あの女が何かしたに違いないのに」

ルドラが投げやりな動作で椅子へと逆戻りする。シシィも老獪《ろうかい》な義父ならと期待していただけに、落胆は大きかった。

——ううん、お義父さんにがっかりするのは間違っている。僕だ。僕があの時、お姫さまにヴィハーンを連れていかせてしまったのが間違いだったんだ。記憶を失ったヴィハーンを守れたのは僕だけだったのに。

どうしてあの時、自分はもっと頑張らなかったのだろう。

――相手が王族だったからだ。そしてシシィが、孤児あがりにできることなどたかが知れていると思ってしまったから。最初から気持ちの上で負けていたら、勝負になるわけがない。

このままヴィハーンはお姫さまのものになってしまうのだろうか。

そうしたら義父もルドラも家族ではなくなる。このお屋敷にはもういられない。シシィはまた、ただの孤児になる。誰の特別にもしてもらえなかった存在に。

別にか弱い女の子ではないから一人でも生きていけるけれど、ヴィハーンとアニクがいない人生を思ったら、頭の中が真っ白になった。

厭だ。

シシィは決意を固める。これからは負けない。相手が王族でも関係ない。僕が頑張って必ずヴィハーンを取り戻す。そのためにまずすべきなのは――現状を把握することだ。

「ヴィハーンはお姫さまの言う通り、呪いに掛けられたんでしょうか」

「そーだってー」

部屋にいないはずのドゥルーブの声が聞こえ、天井の端に四角い穴が開いた。三人の幼な子が次々に飛び降りてくる。

「こら！　そんなところから入ってきちゃ駄目っていつも言ってるよね」

「おこんないれ、ししー」

「おれたち、はなれにしのびこんで、じょーほーしゅーしゅーしてきたんだぜ！」

何てことだろう。シシィは両手で顔を覆った。

この子たちがおとなしくしているわけないってわかってたのに、すっかり失念していた……！

「何かする時はする前に断ってって、僕、何回も言ったよね？　また勝手に危ないことして……！」

「らいじょーぶ。あんなへっぽこごえーきしなんてー、なんにんいたっててきじゃないしー」

「あぶないことしたおかげでおれたち、じゅーよーなじょーほーをえられたんだぜ？」

「なでなでしても、いーんらよ？」

オムがぐいと頭を差し出す。シシィは唇を引き結んだ。悪いことをしたら叱らなければならないけれど、突破口を探している段階である。どんな情報でもあれば助かる。

ぐるぐるする気持ちのまま、両手でもしゃもしゃ頭を掻き回してやると、オムはむふんと満足そうな顔をした。

「おひめさんのまほーつかい、のろいはかんぺきにかかったってゆって、おひめさんからきんかもらってた」

「ほんとはおひめさま、あかのつきがみちるまえに、あぶーわにくるよてーだったらしー。でも、おひめさまがわがままばっかゆーせーで、まにあわなくなっちゃったんだってー」

五つある月の中でただ一つ、満ち欠けの周期が毎回変わる赤の月は、魔の月という異名で知られる。他の月と違って満月期に入るとオメガを発情させ、魔物を狂乱させるからだ。

発情期《ヒート》のダーシャが到着していたらと考え、シシィはぞっとした。

「おひめさんねー、らーじゃにはなしてたー。わすれちゃうまえー、らーじゃとおひめさんは、すっごいらぶらぶなこいびとどーしだったってー、もうすぐつがいになるやくそくしてたってー、うそてんこもりー」

何てことをするんだろう。ヴィハーンは僕の運命のつがいなのに。

お姫さまがどんな嘘を吹き込もうとしたところで無駄に決まっていると思うけれど、あれだけ綺麗なお姫さまに恋人だったと言われて嬉しく思わない男は多分いない。

心臓がばくばく踊り始める。でも、弟たちはにこにこだ。

「でもねー、らーじゃ、おひめさんがはなしかけてもねー、くちもきかないし、めもあわせないんだよー」

廊下で目覚めた時にヴィハーンの様子がおかしかったことを思い出し、シシィは青褪《あおざ》めた。

「まさか、記憶だけじゃなくって、心も壊されてしまったわけじゃ……？」

「んーん。わるいのはー、ぐあいじゃなくてキゲンー」

義父が髪を引っ張ろうとするアニクを手で押さえながら苦笑する。

「そうか、あれは女嫌いのオメガ嫌い、そして王女は以前のあれがもっとも嫌悪していた類の女だ。ははは、ヴィハーンがあくまでヴィハーンであるなら、姫さんの思う通りにさせはしないだろう」

ルドラは懐疑的だ。

「記憶がないのに、そんな期待をすべきではないのでは？　何も覚えていないなら、近くにいる人の言葉を信じるしかないのですし」

そうだ、今のヴィハーンはいつもと違うのだ。手を貸さなければ、お姫さまの魔手に搦《から》め捕《と》られてしまうかもしれない。

僕にできることは何だろう？

「力尽くで兄上を奪還する……というわけにはいかないですよね」

「向こうもそれくらいは予期しているだろうし、押し入ったりしたら不敬罪に問われかねん」

！　そうだ。

シシィは立ち上がった。

「僕、解呪する方法を探してみます。ここは迷宮都市。迷宮《ダンジョン》産の素材を使った薬や武器の中にはそういう効果があるものがあるかもしれません。ガリさんやジュールさんなら、知っているかも！」

「いい案だ」

義父が頷《うなず》く。ルドラも立ち上がった。

「では、僕は魔法使いに当たってみましょう。高位の神聖魔法に呪いを消せるのがあったはずです」

「行ってこい。私はアニクと留守番をしている」

膝の上のアニクの手を持ち上げばいばいと手を振らせる義父の調子のよさにシシィはルドラと顔を見合わせたが、子供を預かってもらった方が動きやすい。

「アニクのこと、よろしくお願いします」

「おれたちは、ひきつづきひめさんのどーこーをうかがっとくな」

弟たちもしれっと流れに乗ろうとしたが、シシィはぴしゃりと撥《は》ね除《の》けた。

「危ないから駄目。シュリアたちは下の子たちの面倒をちゃんと見て、いつものように時間になったらお勉強もちゃんとすること」

ただでさえふっくらしている弟たちの頬がぷくっと膨らむ。

迷宮都市には必ず迷宮を管理する守護機関《キーパーズ》の支部がある。ジュールはアブーワ大迷宮《グレートダンジョン》を管理する守護機関の支部長だ。エルフなので耳の先が尖っており躯つきもすらっとしていて、清廉《せいれん》な美しさがある。

事情を説明し協力を求めると、ジュールはそういうことならとシシィを外へ連れ出した。

「どこへ行くんですか？」

「職人街だよ」

「そこに何があるんですか？」

「迷宮からもたらされる品々についての英知、かな。ずっと王族はもちろん公爵家にも秘してきたんだが、ヴィハーンが王族に取り込まれたらアブーワ大迷宮の今後にかかわる。特別に教えるが、誰にも言わないで欲しい。守れるかい？」

シシィは勢い込んで頷く。

「もちろんです！　ありがとうございます！」

両側からせり出すようにして武器屋や道具屋が建ち並ぶ通りは狭く、人がようやく二人並んで通れるほどの幅しかない。くねくねと折れ曲がる迷路のような通りを進んでいった先には今にも倒れてしまいそうなほど傾いだ古い家があり、ジュールが扉をノックすると萎びた老爺が顔を出した。

「イヴじゃないか。久しぶりだねえ」

ジュールを通り越し自分を見た老爺が、顔を皺くちゃにして笑う。

シシィは戸惑った。

イヴ？　って、誰？

どこかで聞いたことがあるような気がするけど思い出せない。

ジュールは平然としている。

「爺さん、書庫を見せてくれ」

「勝手に見ればええ。イヴ、こっちへおいで。リラ茶を淹《い》れてあげよう。美味しい焼き菓子もあるよ」

「悪いが書庫に用があるのはイヴだ。連れていこうとしないでくれ。シシィ、こっちだ」

シシィに向かって顎をしゃくってみせると、ジュールは階段を上がっていった。申し訳ない気がしたものの、シシィは老爺に会釈だけしてジュールの後を追う。

「あの、あの人、僕のことをイヴと呼びましたけど……」

「ああ、気にしなくていい。あの老爺は職人ギルドの重鎮なんだが、ちょっとボケてきているんだ。私のこともエドモンと呼ぶ。……さあ、ここだ」

それは、年代ものの家具が並ぶ落ち着いた居間の一角にあった。大きな本棚に大量の書きつけが、触ると雪崩《なだれ》が起きそうなくらい無造作に突っ込まれている。中には革の表紙がつけられ綺麗に製本されているものもあったが、そんなのはごく一部だ。とりあえず一束取って食事用らしいテーブルの隅を借り広げてみると、魔物に関する覚え書きのようだった。一枚ごとに字も書式も違っており物凄く読みにくい。内容も魔物に関係あれば何でもありだ。

「竜種《ドラゴン》の解体の仕方について……？」

どうやら関係なさそうだと退けようとして、隅に『角を磨り潰して水石《アクアロック》で作った水で溶くとその日はどんな火に触れても火傷をすることはない』という走り書きがあるのに気がついたシシィはドキリとする。これは隅々にまで目を通していかないと肝心の情報を見落としてしまいかねない。

椅子を引っ張ってきて腰を据え、ジュールと二人がかりで読み始める。こんな時でなければ、実に面白い内容だった。どんな魔物のどんな部位をどう加工すればどんな役に立つかが全部書いてあるのだ。砂蜥蜴《サンドリザード》の外套など広く知られている素材についての書きつけもあれば、聞いたこともない魔物について書いてあるものもあったし、黒い炎を上げる狼《おおかみ》の魔物の腹の皮は敷物にして玄関に置き、靴の泥を拭うといいなどというものもあった。

——これを書いたのはどういう人なんだろう。普通、苦労して倒した魔物の素材を敷物に使おうだなんて思わないものなのに……。

書きつけを読む合間に製本されたものも広げてみる。そこには女性らしい伸びやかな文字で様々な魔物の斃《たお》し方や解体方法、素材の使用法などが纏められていた。読み終わってから何となく扉ページに戻って名前を検《あらた》めると、イヴと書かれている。先刻老爺がシシィに向かって呼んだ名だ。

——これを書いた人が僕に似ていたのかな？

夢中になって読んでいると、老爺が来て、日没を告げた。まだ半分も目を通せていないし作業を続けたかったけれど、他人《よそ》さまの家である。

シシィは丁寧に礼を言うと外に出た。確かに夜の帳《とばり》が下りている。家々の窓から洋燈《ランプ》の光が漏れているものの通りは暗い。

「屋敷まで送ろう」

ジュールはそう言ってくれたが、シシィはか弱い女性ではない。

「ありがとうございます。でも、ジュールさんの屋敷とは方向も違いますし、これからガリさんの店に寄ってみるつもりなのでいいです」

「職人街はそれほど治安が悪くないが、貴族なら護衛を連れて歩く場所だぞ」

「僕なら大丈夫です。ちゃんとナイフを持ってきてますし、ジュールさん、すごーく疲れているんじゃありませんか？　目がしぱしぱしています。早く帰って寝た方がいいです」

ベルトにつけたナイフを見せると、シシィがそれなりの使い手だと知っているジュールは不承不承頷いた。

「では、また明日。……気をつけて帰るんだぞ」

「はい。今日はありがとうございました」

夕闇の中、遠ざかってゆく背中に一礼し、シシィもガリの店目指して歩きだす。だが、角を曲がった途端、シシィは何かに吹っ飛ばされ、壁に叩《たた》きつけられた。

――な、に……？　魔法……？

衝撃を肩代わりしてくれようとしたのだろう。髪につけていた守り石が一つ砕けて散ったのが視界の端に映る。街中で、守り石には防ぎきれないほど強い魔法を使った者がいるのだ。犯人を捕まえねばと思ったけれど、誰かに頭を摑まれると、世界がぐるぐる回転しながら暗くなってゆく――。

気がつくと、シシィは馬車に揺られていた。動こうとして、両手首が後ろで縛られていることに気づく。腕輪の感触がない。ベルトに差していたはずのナイフもだ。堅い木の床に直接転がされているせいで、馬車の細かな振動が骨に響く。

馬車の中にはもう一人、金髪碧眼《へきがん》の美しい男がいた。獣耳の片方が欠けているこの男には見覚えがある。ダーシャの護衛騎士の一人だ。ということは多分この男がシシィを待ち伏せして、襲った。眠くて仕方がないから、眠りの魔法も使われたのかもしれない。

——お姫さまの命令かな。あんなに可愛いのに、恋を成就させるためならこんなことまでしちゃうんだ。恋は戦争、勝つためなら手段を選んではいられないっていうけれど。

このなりふかまわなさを、シシィも見習うべきなのかもしれない。

一体どれだけ走っただろう。馬車が停まるとシシィは襟首を摑まれ乱暴に外へと投げ捨てられた。

「ここは——砂漠？」

星明かりにぼんやりと浮かび上がるのは砂の連なりのみで、街の明かりは一つも見えない。

一言も口を利かないまま護衛騎士が御者台へ消えると、すぐまた馬車が動きだし、遠ざかっていった。

「返事くらいしてくれてもいいのに」

両手を拘束したまま水も食料もなく砂漠に置き去りにされたら干乾しになるしかない。何て残酷なことをするんだろう。

「まあ、僕は死なないんだけど」

秘密にしているが、シシィは空間魔法の使い手だ。護衛騎士が奪った収納の魔法具《腕輪》はその事実を隠すための目眩《めくら》ましで、中には小銭や水薬程度しか入っていない。

目を閉じて集中すると、手の中に魔法の空間にしまってあった迷宮探索用のナイフが現れた。手際よく縛《いまし》めを断ち自由になると、シシィは次に砂蜥蜴の外套を取り出す。夜の砂漠は凍えるほど冷え込むが、中の温度を一定に保つ機能があるこの外套を纏えば快適に過ごせるのだ。

まだ幼い息子《アニク》のことを思うと気が急くけれど、最後に掛けられた魔法が消えていないのか、くらくらしてまともに歩けそうにない。

シシィは大きなクッションを取り出して寄りかかった。気持ちを落ち着けるために湯気の立つあたたかいスープが入ったカップを取り出し、少しずつ飲みながら夜明けを待つ。

「シュリアたちが知ったら、きっと叱られちゃうね。気をつけなきゃ駄目って」

アブーワの貴族たちに意地悪を言われたことはあったけれど、暗殺されそうになったことはなかったから油断した。でも、二度とこんな下手を打つつもりはない。

やがて地平線の向こうから太陽が顔を出す。シシィは出していた品々を仕舞い外套の頭巾《フード》をかぶると、立ち上がった。少し動いて魔法が完全に抜けたのを確かめると、まだあたたかい紅苔桃のパイを砂の上に置く。

「ここから一番近い街へ行きたいんです。風よ、どうか力を貸してください。古き友よ、盟約に従って加護を！」

呪文を唱えると、ぽんぽんと光の玉が生じ、紅苔桃のパイに集まった。

精霊は供物に満足してくれたらしい。パイは消え、光が空へと駆け上がる。しばらく旋回してから太陽とは逆の方向に飛び始めた光の後を追ってシシィも砂の上を走った。

休憩を交えつつ一日かけて到着した街は、オアシスを中心に発展しておりとても栄えていた。隊商が幾つも滞在しているらしく、街を取り巻くように天幕が張られている。行き交う人の数も多い。

シシィは目についた食堂に歩み寄ると、店主らしい獣人に話しかけた。

「すみません。ちょっと教えて欲しいんですけど」

恰幅《かっぷく》のいい獣人が愛想良く返す。

「今日のメニューはジジ鳥の煮込みだよ」

「美味しそうですね。でも、僕が聞きたいのはそうじゃなくて、ここはどこかということと、アブーワに行くにはどうしたらいいのかなんです」

店主は肩を竦《すく》めた。

「注文してくれたら教えてやるよ」

「えっと、じゃあジジ鳥の煮込み、お幾らですか？」

「銅貨一枚」

魔法の空間にしまってあるお金を取り出そうとして、シシィは天を仰いだ。金貨しかない。小さな食堂では釣りなど用意していないだろうし、下手に使ったらそれだけでよからぬ連中に目をつけられる。

「うーん……そうだ、ちょっと待っていてもらっていいですか？」

「待っていてどうにかなるのかい？」

食堂があるのは水辺で、憩いを求めてそぞろ歩く人たちが大勢いた。シシィは通行の邪魔にならなそうな場所を見定め、帽子を取り出して地面に置く。これは大道芸人が出し物を始める合図だ。早速親に連れられた子供たちの興味津々な眼差しが注がれる。

シシィは愛用のナイフを取り出しベルトにつけた後、少し考え長剣を取り出した。ナイフの方が得意だが、客寄せには地味すぎる。武器の扱い方は一通り叩き込まれているから最初はこっちでいこう。

正眼《せいがん》に構え、型通りに振り下ろす。次は踏み出すと同時に切り上げて、横に薙《な》ぎ払って。

まず、母親の手を振りほどき走ってきた男の子がシシィの前にしゃがみ込んだ。一人二人、三人四人。シシィの周囲に円を描くようにして見物人が増えてゆく。

シシィの口元に笑みが浮かんだ。動きが徐々に速くなる。途中でひょいと剣を投げ上げると、シシィはナイフを抜いた。同時に鞘《さや》を摑んで剣へと向ける。鞘に吸い込まれるように収まった剣に歓声が上がったが、本番はこれからだ。

ナイフを手の中でくるんと回して逆手に持ち替え、目にも止まらない早さで見えない敵を切り裂く。物心ついた頃から鍛錬を繰り返してきたシシィの動きは滑《なめ》らかで無駄がなく、それだけで美しい。時々蹴りも交ぜて、空中に投げたナイフを視線も向けずに受け止めると、大人たちまで集まり始める。

小柄な上、やわらかく波打つ卵色の髪のせいでいかにも柔和そうに見えるシシィが力強くナイフを振るうさまが彼らを魅了したのだ。

ナイフを振るいながらシシィは考える。最後は何か派手で綺麗で凄いもので締めたいと。何がいいだろう？　——あれだ。

ぴたりとナイフを止めると、シシィはふっと息を吐いた。呼吸を整えながらナイフを鞘に収める。拍手が上がったが、小さく首を振ってみせるとまだ何かあるとわかったのだろう、静かになった。

いつの間にか幾重にも重なった人垣の注視を受けつつシシィはもったいぶった動作で両腕を腹の前でクロスさせ、まるで両腰に下げていた剣を引き抜くかのように、空間魔法で収納してあった二本の長剣を取り出した。何もない空間から生まれ出たかのように見えたのだろう、観衆がどよめく。

シシィが出した剣の刃は迷宮産の素材で作られており、七色に輝いていた。魔力を込めると炎まで上がる。とても切れ味がいい代わりにいささか脆《もろ》く、魔物との戦いではあまり役に立たないけれど、綺麗だからこういう場で使うにはちょうどいい。

魔力を込めて派手に振り回す。そのたびぶわりと膨れ上がる炎に、観客は大興奮だ。最後に水辺に聳《そび》える木の幹目掛けて投擲《とうてき》すると、見事に刺さった剣が燃え上がり、歓声が上がった。一礼すると、面白いくらい硬貨が飛んでくる。帽子を拾い上げ中身を確かめたシシィは思わず頬を綻ばせた。

食堂に戻ってジジ鳥の煮込みを注文する。獣人は約束通り、アブーワへの行き方を教えてくれた。定期的に水を売りに行く者がおり、彼らに頼んで同行させてもらえば安全に帰れるらしい。ただ、折悪しく水売りは三日前に出発してしまっていた。

じりじりしながら彼らが帰ってくるのを待つ。

二日後に帰ってきた彼らは、一日休養を取り明後日出発するからその時に連れていこうと約束してくれた。アブーワへは二日歩けば着くという。

「どうも今回は赤の月が満ちるのが早そうだ。危なかったな、あんた。うちは仲間にオメガがいるから、発情期《ヒート》の間は水売りに行かないんだ」

水売りにそう言われ、はっとして空を見上げたシシィは愕然とした。糸のように細く色がわかりにくかったが、赤い月が頭上にあった。新月を迎えようとしている。

――次の満月を迎えるまで、何年もかかる時もあるのに――。

前回の満月からまだ七日しか経っていないのにこうだということは、恐らくあと八日ほどで発情期が来る。シシィにもダーシャにもだ。

発情期のオメガのにおいは強烈だ。シシィにはよくわからないが、アルファには抗《あらが》いがたいものがあるという。いつものヴィハーンだったら心配なんかしないが、今のヴィハーンには記憶がない。

――ヴィハーン、お願い。僕以外の誰にも触れないで。

両手をきつく握りあわせ、シシィは砂漠の上に浮かぶ細い月に祈りを捧げる。

♪　♪　♪

護衛騎士が首尾良くシシィとかいう男オメガを砂漠に捨て腕輪とナイフを持ち帰ってからしばらくの間、ダーシャは上機嫌だった。

記憶を失うと誰でも雛鳥のように傍にいる者を慕い、吹き込まれたことを何でも信じるようになるという。ダーシャの術中に落ちたヴィハーンは子羊のようにおとなしく、これならば言いくるめてつがいの座に納まるのも簡単であろうとほくそえんでいたのだけれど、日が経つに連れ事はそう簡単に運びそうにないとわかってきた。

腕を組むのを許してくれたのは最初だけ。しなだれかかれば鬱陶しそうに押しのけられるし、ダーシャの言うことを聞いているのかいないのか、口も利かないし目も合わせない。公爵家の宝物庫にあるという宝石をねだってみても無反応だ。

「どうしてヴィハーンさまはわたくしを褒め称え、ひれ伏さないのかしら」

侍女たちに髪を結わせながらダーシャは呟く。ダーシャにとって男とはそういうものだったからだ。

「き、きっと姫さまが美しすぎて緊張なさっているのです」

「そうでなければ魔法の影響です。きっと魔法使いの腕が悪かったのですわ。アルファなら姫さまに魅了されないわけがありませんもの」

髪飾りが並べられた盆が差し出され、ダーシャは螺鈿細工《らでんざいく》の蝶《ちょう》を手に取る。

「そうよね、あの貧相な男オメガのせいであるわけないわ」

運命なんてどうせまやかし。アルファが選ぶのはいつだって若く従順で多く子を産めそうなオメガだ。獣のようだが、アルファとはそういう風に創られた生き物なのだから仕方がない。そしてダーシャもまたそんなアルファを搦め捕るため磨き上げられたオメガだった。

――ヴィハーンさまがわたくしに惹かれないはずないわ。

「それより姫さま、これをご覧ください。迷宮《ダンジョン》産の品々を専門に扱う商人からの献上品です。まだ王都には入ってきていないもので、一枚で金貨十枚もするのですって」

「まあ……」

侍女の一人が恭《うやうや》しく差し出したストールにダーシャは目を奪われた。角度によってきらきら光る上に軽く、ちょっとした風にもふわりふわり広がるさまがとても優美だ。

肩に着せかけてもらい、鏡の前で右に左に躯を捻《ひね》り眺める。

「迷宮産の品ってどうしてこうも素晴らしいのかしら……。これを持ってきた商人に伝えてあげてちょうだい。とても気に入ったと。ふふ、ヴィハーンさまにも見ていただきましょう」

だが、いそいそと向かった部屋には誰もいなかった。ダーシャが身なりを整えようと傍を離れた隙《すき》に、どこかへ行ってしまったらしい。

「まあ、また？　ねえ、わたくし、あなたたちにそんなに難しい仕事をお願いしたかしら」

見張りを命じていた護衛騎士に微笑み掛けると、青くなって震え始めた。

「申し訳ありません。少しでも目を離すと、あの方は消えてしまわれるのです」

ヴィハーンが部屋を抜け出したのはこれが初めてではない。あの男は見張りの目を盗んでは屋敷を彷徨《さまよ》うのだ。まるで誰かを捜し求めているかのように。

——気に入らないわ。

ダーシャはヴィハーンを捜しに行くことにした。他人の屋敷を勝手に歩き回るなんて無作法もいいところだがかまうものか。

長い回廊。草花が品良く配置された中庭。幾つもある大広間。

大迷宮のおかげで潤《うるお》っているのだからさぞかし贅沢をしているのだろうと思いきや、屋敷は飾り気がなかった。所々に置かれたソファやチェストは上等だが、王城の調度類のように華美ではない。

「いたわ」

ダーシャが足を止めたのは中庭に面した廊下だった。ヴィハーンが強い陽射しを浴び、何かをじっと見ている。屋敷の使用人もいたが、ダーシャたちに気がつくと、慌てて膝を折った。

何を見ているんだろう。

視線の先を辿り、ダーシャは眉を顰める。緑の絨毯の上に獣人の幼な子が一人ぺたんと座り込んでいた。

「とーた！」

幼な子がうんしょと立ち上がり、危なっかしい足取りでヴィハーンに近づいていく。足に抱きつきにこおっと笑ったこの子は、先日シシィと遊んでいた子――つまり、ヴィハーンの子だ。

「とーた、ぎゅっ。ね、ぎゅーっ」

魔法は確かに掛かっているのだろう。公爵は幼な子を無表情に見下ろしていたが、紅葉《もみじ》のような両手が差し伸べられると身を屈めて抱き上げた。

ちりっと胸が灼ける。ヴィハーンはダーシャが手を伸ばすと身を引くのだ。

――負けてたまるものですか。

ダーシャは嫋《たお》やかな笑みを浮かべ、ヴィハーンに歩み寄った。

「まあ、こんなところにいらしたのね、ヴィハーンさま。部屋にお姿がなかったから心配しましたのよ？」

ヴィハーンは返事もしなければ視線も向けてくれない。仕方なくダーシャは幼な子へと標的を移した。

「あら、可愛らしい子。わたくし、子供が大好きですの。つがいになったら、ヴィハーンさまの子がたくさん欲しいわ」

本当は子供など好きでも何でもないが、男は子供好きの女性を好むものだ。赤子好きを装いふくふくとした頬に触れようとすると、幼な子は海老反《えびぞ》りになって厭がった。

「やっ」

何て無礼な子だろう。ダーシャの顔が引《ひ》き攣《つ》る。だが、ダーシャは負けん気が強い。意地で赤子好きの振りを続ける。

「あら、ボクはご機嫌斜め？」

しつこくかまおうとすると、幼な子は唐突にまだほとんど消化されていないミルク粥《がゆ》を吐いた。

「けぷっ」

唖然《あぜん》とするダーシャの代わりに侍女たちが悲鳴を上げる。

「きゃー！」

「姫さま！　折角《せっかく》のお召し物が……っ」

「今、拭くものを持って参ります！」

侍女たちが走り回る。ヴィハーンは酷い目に遭わされたダーシャのことなど気にもせず、幼な子の口元を拭ってやっていたが、綺麗になると地面に下ろし、またふらっとどこかへ行ってしまった。

高価なショールを救おうと大わらわな使用人たちに忘れ去られた幼な子は、しばらくの間騒ぎを眺めていたものの、飽きてしまったのだろう。茂みの中へと這い込んでゆく。

♪　♪　♪

父さまにぎゅっぎゅしてもらって、アニクはご満悦だった。いつもはばっちいと行かせてもらえない茂みの中を、のっしのっしと這うのも楽しい。木の葉が降り積もった地面はやわらかく、ひんやりとしていて気持ちがいいし、花の甘い香りが眠気を誘う。

おむつの上に突き出たちっちゃなしっぽをぴんと立て、木漏れ陽が揺れる暗がりを奥へ奥へと進んでいったアニクは特に暗い一角で這い進むのをやめた。大木の根元に何かいる。

「こんちゃ？」

それが挨拶《あいさつ》に応えるように蠢《うごめ》いた。

◇　◇　◇

誘拐されてからシシィがアブーワに到着するまで、何だかんだで七日かかった。

礼を言って水売りたちと別れると、シシィはどこへ行こうか考える。

ただいまと屋敷に戻ったら、シシィを首尾良く始末したつもりでいるダーシャたちは腰を抜かすに違いない。驚き慌てる姿を見てみたい気もしたけれど、生きているとわかったらまた命を狙《ねら》われる可能性がある。秘密にしておいた方がいい。

それならばジュールだと、シシィは砂除けの布を結んで外套の頭巾《フード》を目深にかぶった。守護機関《キーパーズ》の事務所を訪ね、何食わぬ顔でロビーを横切る。このままジュールの執務室まで行ければと思っていたのだけれど、二階へと上がる階段のある廊下に入ったところで獣人の職員に声を掛けられた。

「そっちは立ち入り禁止ですよ」

名乗れば通してもらえるのはわかっている。でも、今、生還は秘密にしておこうと決めたばかりだ。シシィはごめんなさいと心の中で謝りつつ階段を駆け上った。当然のことながら、職員がカウンターの中から飛び出してくる。

「待ちなさい！　どこへ行く気ですか！」

早い。急いだのに、階段を上がりきったところで肩を摑まれる。でも、幸運なことに階段へ引きずり下ろされるより早く廊下の突き当たりにある扉が開き、ジュールが顔を覗かせた。

「どうした」

シシィはジュールにだけ見えるよう、頭巾を少し持ち上げる。

「……っ⁉」

ちゃんと気づいてくれたらしく、ジュールが目を見開いた。

「お邪魔してすみません、ジュールさま。この方にはすぐ出ていってもらいますので」

職員はそのままシシィを引きずっていこうとする。

「いや、そんなことしなくていい。一体何だって——」

何か言おうとするジュールに向かって、シシィは唇の前に人差し指を立てて見せた。名前を口に出されたら、顔を隠した意味がなくなる。ジュールはわかってくれたらしい。

「ジュールさま？」

「その、とにかく彼はいいんだ。放してやれ。それからしばらく執務室には誰も通さないように」

職員は釈然としない様子だったものの、守護機関内においてジュールの命令は絶対だ。

「……かしこまりました」

一礼して階下に消える。二人きりになると、シシィはほっとして頭巾を後ろに撥ね除けた。二人とも口を利かないまま執務室に入り、扉を閉めるなり堰を切ったように話しだす。

「よかった、無事だったのか、シシィ。いきなり姿を消したものだから心配していたんだぞ。今までどこで何をしていたんだ？」

詰め寄るジュールの目の下には隈《くま》が浮いていた。随分と心労をかけてしまったらしい。申し訳なく思いながら、シシィは簡潔に説明する。

「ええっと、僕、ダーシャさまの護衛騎士に拉致《らち》された上に砂漠に捨てられて、今、ようやくアブーワに戻ってこられたところなんです」

ジュールは絶句した。

「……え」

「僕がいない間、アブーワに変わりはありませんでしたか？」

「変わりは、ない。ヴィハーンも記憶喪失のままだ。……いやそれよりちょっと待ってくれ」

「お義父さまやアニクは？」

「御前とルドラはシシィ捜索にかかりきりだしアニクは……父親に続いて母親までいきなり傍からいなくなってしまったからな。癇癪《かんしゃく》を起こして大変だったらしいが……拉致？　嘘だろう……？」

可哀想なアニク。ついこの間も発情期のせいで放っておかれたばかりなのに、また淋しい思いを強いられている。何でも人のせいにしてはいけないとおじいちゃんは言っていたけれど、これは全部、間違いなくダーシャのせいだ。

腹に据えかねるものがあったけれど、おじいちゃんはこうも言っていた。怒りに我を忘れては駄目だって。相手の身分が高ければ尚更慎重にならなければならない。すべきではないことやしなければいけないことの見極めも重要だ。

怒りから目を逸らし、考える。僕が今しなければならないことは、何？

シシィはジュールの手を取った。

「ジュール、協力してください。僕、屋敷にアニクを置いておきたくありません」

ジュールも気づいたのだろう。顔を顰める。

「……そうだな。アニクもシシィ同様、王女にとって邪魔な存在だ。シシィにここまでしたんだ。何もしない保証はない」

アニクは公爵家の嫡男だ。もしシシィがいなくなってもヴィハーンが振り返らなければ、ダーシャはこう考えるに違いない。次は嫡男も殺してしまえばいい。そうすれば跡継ぎを作るためにヴィハーンは後添えを迎えざるを得なくなる——と。

ぶるっと躯が震えた。アニクに何かされたらと想像しただけで頭がおかしくなりそうだ。

——もし僕が孤児でなかったのなら。強い後ろ盾を持っていたなら。こんなことにはならなかったのかな。

「私が屋敷に行って御前とルドラにシシィの無事を知らせてくるよ。アニクも連れてくるから、シシィはここで待って——」

乱暴に扉を開ける音が、音楽めいたジュールの声を掻き消した。

「すみませんっ、取り込み中だと言ったのですが」

「ジュールさま、アニクさまが大変なんです。どうか手を貸してください……！」

止めようとする職員を引きずり息せき切って入ってきた人物が誰か気づいたシシィが目を見開く。

「プラディープ老……？」

皺の浮いた顔を伝い落ちた汗がぽたりと落ち、床に綺麗な円を描いた。

♪　♪　♪

風がごうごう鳴っている。草の上でちんまり正座したアニクは、両手でしっかりとそれを抱きかかえ、空を見上げた。

強い風に巻き上げられた砂や木の葉、盛りを迎えていたリラの花びらで、すぐ傍にある屋敷が霞《かす》んでいる。声が聞こえたような気がして丸っこい耳を向けると、カビーアが中庭と廊下の境に立つ柱にしがみついて何か叫んでいた。

いつもならカビーアの言うことをよく聞くいい子なのだけれど、今日のアニクはぷいっとそっぽを向き、腕の中のぬくもりに顔を埋める。

◇　◇　◇

迷宮都市に蹄の音が響き渡る。ジュールの執務室でプラディープ老と遭遇したシシィは、即座にこの老いた獣人の駆る馬の背に跨《また》がり屋敷への道を駆けていた。

「何があったんですか」

「……ちょうど暴走《スタンピード》が収まった頃から、お屋敷の庭に黒い砂漠狐《デザートフォックス》が棲み着いたらしいと使用人の間で噂になっていたのです。人目がある時には決して茂みから出てこないためはっきりその姿を見た者はいなかったのですが、狼ほど大きくはなく、立派な尻尾を持っていたので」

話の行方が見えず、シシィは首を傾げる。

「特に害もないようなので放っておいたら、目を離した隙にアニクさまが茂みに這い込み、それと仲良くなってしまいました。……砂漠狐だと思っていたので、好きにさせていたのですが……」

父親は記憶喪失、母親は行方不明である。いつもは子守りをしたがる義父も公務の代行やシシィの捜索で忙しかったことだろう。使用人たちにしてみれば、アニクがぐずらず遊んでいてくれるならこれ以上ありがたいことはなかったに違いない。

「結局、砂漠狐の正体は何だったんですか？」

「魔物です」

ざわりと膚《はだ》が粟立《あわだ》った。

「申し訳ありません。他の者が近くにいると出てこないからと、遠くから見守るようにしていたせいで気がつくのが遅れました。先ほどカビーアが気づいて殺そうとしたのですが、アニクさまが魔物に抱きついて離れず、無理矢理引き剝《は》がそうとしたら魔力を暴発させて……！」

「ええ⁉」

子供は精霊に愛されており、大人より魔力を多く持っていることが多い。だが、魔法は力めば使えるような簡単なものではない。教えられなければ魔力を外に出すこともできないから、普通、暴発事故を起こすのは魔法を習い始めたばかりの少年だ。それなのに、まだ一歳のアニクが魔力を暴発させた？

「お屋敷の周りだけ砂嵐が来たような有り様で、誰もアニクさまに近づけません。エルフであるジュールさまなら魔法への造詣《ぞうけい》が深く、対処方法をご存じかと思って参ったのでございます」

一緒に馬を走らせていたジュールがううんと唸《うな》った。

「アニクが落ち着くか魔力が使い果たされれば収まると思うけれど……使い果たしても止まらない場合は魂《たましい》が削られることになる。急いだ方がいい」

「そんな……」

馬が角を曲がる。いつもなら屋敷があるはずの場所に、巨大な茶色の竜巻が見えた。予想を遙《はる》かに凌駕《りょうが》する事態にシシィは愕然とする。

何という量の魔力を垂れ流しているんだろう！

通りには異変に気づき眺めている人が大勢いたが、蹄の音に気がつくと道を空けてくれた。プラディープ老が門の前で馬を止めたのと同時に、砂除けの布で鼻と口を覆ったシシィが飛び降り、屋敷へと走る。

外套の裾が死に物狂いで暴れる鳥の羽のようにはためき、躯が浮きそうになった。勝手口を開いたら開いたで、手から扉がもぎ取られそうになる。無事扉を閉められてほっと一息ついたのも束の間、シシィはプラディープ老とジュールを引き連れアニクがいるという中庭へと急いだ。

暴風が吹き込む廊下には、ルドラや弟たちが集まっていた。

「ししー!?　ししーだ！　ししー、どこいってたのー？」

砂除けの布を毟り取ったシシィに気がついた弟たちが騒ぎだしたが、ゆっくり話している暇はない。シシィは目いっぱい端折《はしょ》った説明をする。

「ダーシャさまの護衛騎士に拉致された上に砂漠に捨てられて、今戻ってきたとこ」

「……ん？　んん……!?」

弟たちの間を抜けて前に出たシシィは、目を細めアニクの姿を探した。

いた。

砂で茶色くなった芝生の上に座り込み、獣のようなものを抱き締めている。大きさといいふさふさのしっぽといい確かに砂漠狐に似ているが、砂漠狐なら体色は黒ではなく白茶だし、背中に翼なんかない。可愛いけど、確かにこれは魔物だ。

でも魔物なら人を殺そうとするはずなのに、この砂漠狐似の魔物は全然アニクを襲おうとしてなかった。背中や首筋に落ち着きなく鼻先を押しつける仕草にもきゅんきゅんという甘えた声にも、アニクが大好きという気持ちが透けている。

——じゃあこっちは後回しだ。

「アニク！」

暴風の中に踏み出しながら声を張り上げると、アニクがぱっと顔を上げた。

「かーた…？」

「うん、母さまだよ。ごめんね、何日も留守にして。ほら、アニク。ぎゅっ、させて？」

しゃがみこんで両手を広げると、アニクはたちまち顔をくしゃくしゃにした。

「かあた……っ」

魔物を放り出し、よたよたと駆けてくる。身を投げるようにして抱きついてきた我が子のあたたかな躯をシシィはやわらかく抱き締め返した。

「ぎゅー」

ええと、それから。魔力の放出を止めさせるのってどうすればいいんだろう……？

とりあえず泣いているので、アニクが好きな歌を唄いながら背中をとんとんしてやる。すると、卵色の髪を吹き上げていた風が勢いを失い始めた。石や小枝がばらばらと落ちてきて外套に当たる。魔力の放出が収まってきたのだ。

よかった。魂までは削られずに済んだみたいだ。

まだ量も少なくふわふわとした黒髪にシシィはキスをする。

それにしても、アニクは一体どれだけ魔力を持っているのだろう。結構な量の魔力を消費したに違いないのに、アニクに弱った様子はない。また暴発事故を起こさないためにも早めに魔法の勉強を始めさせた方がいいかもしれないと、先々に備え算段を立てていたら、アニクに置き去りにされた魔物が近づいてきた。足元にちょこんとお座りし、きらきらした目でシシィを見上げる。

「えーと……」

どう対応すべきか決めかねじっとしていると、焦《じ》れたのか、すり、と頭を擦《こす》りつけてきた。

何で？　何で魔物が撫でて欲しい時の弟たちみたいなことするの？

まさか本当に撫でて欲しいわけじゃないよねと思いつつも、恐る恐る撫でてやると、魔物は普通の獣のように目を細め、翼をもぞもぞさせた。

ええー……。

「シシィさま、砂埃《すなぼこり》が収まってきました。視界が回復する前にここを離れた方がよろしいかと存じます」

「あ、そうですよね。ありがとうございます、プラディープさん」

砂のカーテンがなくなったら、ダーシャたちがシシィに気づくかもしれない。シシィは外套の頭巾《フード》を目深にかぶり、アニクを抱いて立ち上がった。

「ししー、いこ？」

弟たちの中でも年嵩《としかさ》の三人もついてくる気らしく、足元に纏わりついてくる。

「わかった、行くよ。行くから、ちょっと待って」

最後にシシィはダーシャに割り当てた部屋を見上げた。一目でもいい、ヴィハーンの姿が見たかったのだ。

――――あ。

偶然だろうか。それとも運命なのだろうか。窓辺にヴィハーンの姿があった。

胸が締めつけられるように苦しくなる。

今、どうしているの？　お姫さまにまた変な術を掛けられたりしていない？　僕たちのこと、まだ全然思い出せないの？

窓ガラス越しではなく直接会いたい。話をしたいし、触れたい。そんな気持ちが凄い勢いで膨れ上がってはち切れそうになったけれど——今は駄目だ。

「——早く、思い出して」

そう、小さな声で呟くとシシィは踵を返した。使用人が使う小さな門から通りに出て、道ばたの草を食《は》んでいたプラディープ老の馬の手綱《たづな》を引く。オムが両手を差し出してくれたのでアニクを渡し、馬に跨がると、オムがぽんとアニクを放ってくれた。緩い放物線を描いて飛んできたアニクを抱き留め手綱を持っていない方の腕に抱え直したシシィの後ろに、オムも馬具をよじ登ってきて跨がる。ドゥルーブとシュリアはジュールの馬に乗せてもらうことにしたようだ。ぱたぱた飛んできた魔物もシシィの膝の間に収まる。

「……って、ええ⁉　あなたも来る気なわけ⁉」

叩《はた》き落とすべきだろうか。迷っていると、ダーシャの侍女たちが騒ぐ声が聞こえた。

「ヴィハーンさま！　お待ちください、ヴィハーンさま！」

シシィははっとして顔を上げる。

——ヴィハーンが庭に出てきた……？　まさか僕を追って……⁉

じわりと目の奥が熱くなる。でも、今、ヴィハーンと会うわけにはいかない。

シシィは馬の腹を蹴った。

◇　◇　◇

シシィはしばらくの間、『豊穣の家』で暮らすことにした。アニクと魔物、そして弟たちのうち年長の三人も一緒だ。

かつて北部のイシ領から来た孤児を受け入れるためにルドラが私費を投じて買い求めたこの古い農家は、シシィたちがヴィハーンの屋敷に移り住んだ後もそのままになっていた。アブーワの外れにあって敷地も広い。隣人宅まで結構距離があるので、魔物を庭で遊ばせても騒ぎになったりしないだろう。

「さて」

「さてー！」

久々に見る家の前で、シシィがほとんど無意識に零した呟きを、弟たちが元気よく復唱する。ここに来た理由をわかっているのかいないのか、オムもシュリアもドゥルーブも楽しくてたまらないようだ。

「まずはこの子たちを洗います」

シシィがアニクと魔物の前にしゃがみ込むと、ドゥルーブが眉間に可愛い皺を寄せた。

「まものもー？」

「ばっちい子をアニクの傍に置いておくわけにはいかないもの」

「まもの、あにくのおともだちにんてーして、らいじょーぶ？」

その点についてはシシィもどうかと思わないでもなかったのだが、アニクときたら馬から下ろしてやるなりいそいそと魔物をぎゅっぎゅしに行くのだ。これではとても引き剝がして始末するわけにはいかない。

とはいえ、魔物だしなあ……。

扱いについて悩んでいると、魔物がシシィの前に来て、ころんと仰向けになった。

半眼になったシュリアが呟く。

「こいつ、あざとくねーか？」

「あざといかも。でもまあ、アニクに危害を加える気はなさそうだし……あっ、この子のお腹、凄いもっふもふ。すっごく気持ちいい……」

「ああ？」

何気なく差し出された腹を撫でてみたシシィが驚きの声を上げると、シュリアが何言ってんだと言わんばかりの顔で魔物の腹に手を突っ込み、目を剝いた。

「うっ。だめだ、てがとまらねえ……」

どうやら一撫でで虜になってしまったらしい。もふもふ、もふもふ。両手で堪能し始める。

「⁉　どぅるーぶもさわるー」

「これ、あらったらもっともっふもっふにならないかな……？」

オムの提案に、皆が天才か？という顔をした。

それからは早かった。シシィが台所で湯を沸かしつつ埃をかぶっていた盥《たらい》を庭の井戸で洗い、シユリアたちが窓を開け、家具の埃を払って回る。

早く綺麗になった魔物の手触りを堪能してみたいけれど物事には順番というものがある。湯浴みの準備が整うと、シシィはまずアニクを捕まえた。砂っぽい躯を洗い髪まで丁寧に濯《すす》ぐと、シュリアとオムが二人がかりでくるくる拭いてくれる。新しい服を着せるのはドゥループの役目だ。

「さ、おいで。今度はあなたの番だよ」

捕まえて盥に入れようとすると、魔物は水が嫌いなのかぴょこりと肢を持ち上げた。かまわずアニクを洗った後の残り湯に浸けると、目をまん丸にして固まってしまう。でもすぐ湯浴みの気持ちよさを理解したらしく、ふにゃふにゃに蕩けた。

「そうだ、アニク、お友達のお名前は何ていうの？」

「くぅ」

「くぅ？」

魔物がくうと力なく鳴いた。どうやらこれが名前の由来のようだ。

魔物は毛の中まで砂塗れだった。全身泡だらけにして丹念に洗い、新しい湯で濯いで。天日干しすると思った通り、つやつやのふかふかになる。

もふもふしたがる弟たちを一人ずつ引き剥がして新しい湯で湯浴みさせると、シシィは綺麗に拭かれたテーブルの上に、湯気の立つジジ鳥の煮込みを取り出した。美味しかったのでたくさん買っておいたのだ。

根菜がごろごろ入った汁《スープ》は塩加減が絶妙だ。よく煮込まれた肉も口の中でほろほろと崩れる。

「あっ」

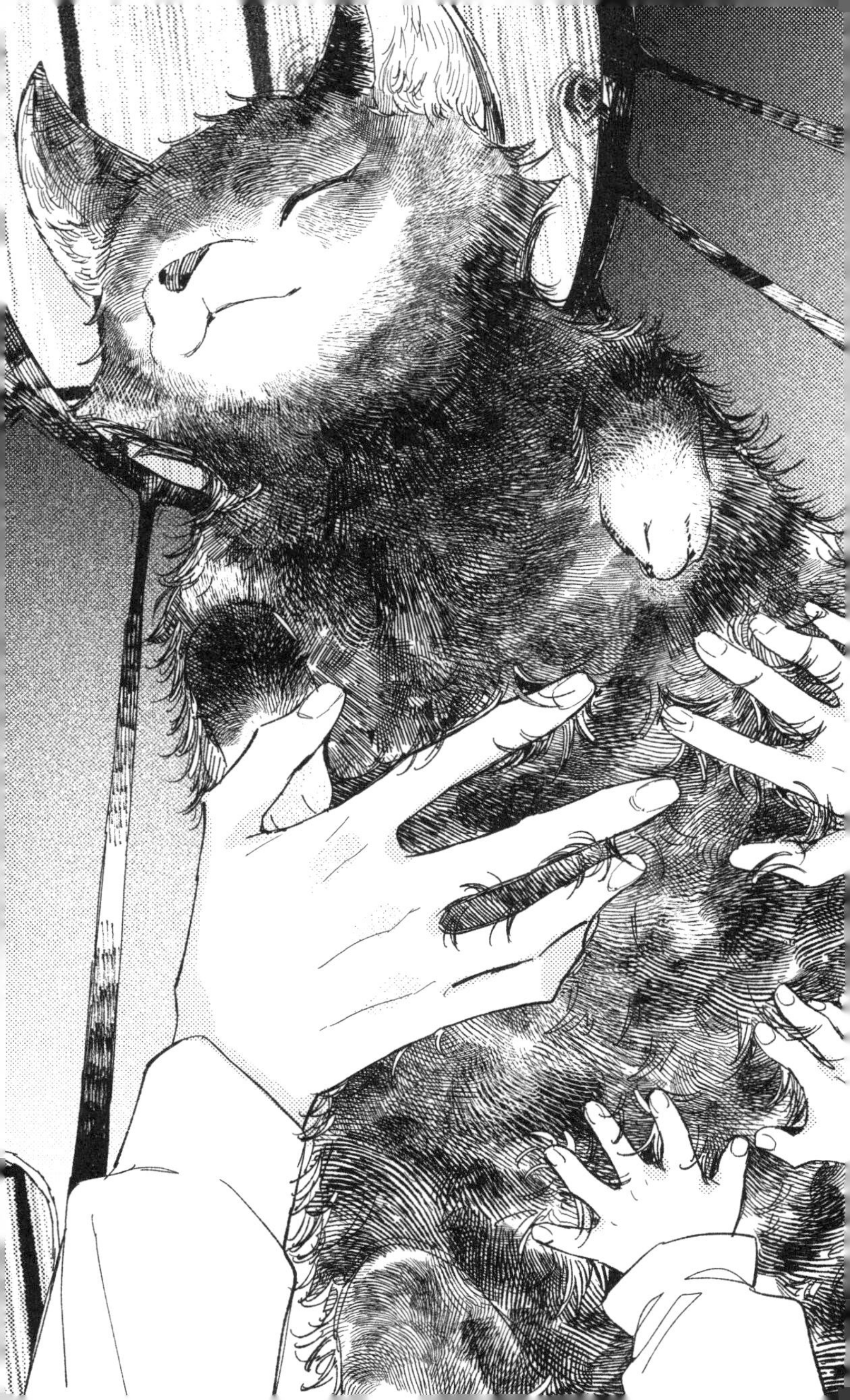

くぅもお腹が空いていたらしい。アニクの食べるものを別に用意している隙に椅子によじ登り、シシィの器に顔を突っ込んだ。

「こら、くぅ！」

「それ、ししーのらよっ」

弟たちが止める間もなく、あっという間に平らげてしまう。未練がましく器を舐《な》めたくぅは、次いで弟たちの器に目を向けた。

「だめー！　これはどぅるーぶのー！」

弟たちが食べかけの器を頭の上に掲げ、お裾分けをねだるくぅから逃げ惑う。シシィはアニク用のやわらかく煮たジジ鳥——味はほとんどついていない——と潰した芋《いも》を載せた皿を持ったまま、立ち竦んだ。

「こら、食べ物を持って走り回らないの。零したらお代わりなしにするよ」

「らって、くぅが」

オムがぷくっと頬を膨らませる。

シシィはアニク用の皿を置くと、くぅを捕まえてしゃがみ込んだ。

「他人《ひと》が食べているものを欲しがっちゃ駄目」

「くう！」

「大体、しょっぱいものは躯によくないんだよ？　食べ足りないなら、アニク用のジジ鳥を分けてあげるから」

「くうう！」

まるでシシィの言うことがわかるかのように、くぅは激しく頭を横に振った。鼻先に置いてあげた薄味のジジ鳥には目もくれず、弟たちの煮込みを目で追っている。

「ん？　そもそも魔物に塩って毒なのかな？」

魔物は動物とは違う。噂によると、岩を食べるものもいるらしい。毒を喰らわせても平気だったとか、人なら触れるだけで手が焼け爛《ただ》れてしまう魔物を喰らっていたという話も聞いたことがある。

「その前に、何で僕が魔物の健康の心配なんかしてんだろ」

探索者にとって魔物は天敵だ。毎年どれだけの人が魔物に襲われ命を落としているか知れない。

シシィはくぅの分の煮込みを床に置いて席に着いた。

「さ、アニクもごはんだよ」

匙に少しだけ芋を載せて差し出す。いい子のアニクはあーと自分から口を開けた。

「あにく、おりこうさんー」

「いっぱいたべたねえ」

食べ終えたアニクを弟たちがかまい始めると、シシィも新しいジジ鳥の煮込みを取り出して空腹を満たす。食事が済むと、シシィは砂蜥蜴《サンドリザード》の外套を取り出して服の上から羽織った。外出の準備をしていることに気づいたオムの耳がぴこんと跳ねる。

「ししー？　おでかけ？」

「うん。ちょっと職人街まで行ってくる」

シュリアが大人のように肩を竦めた。

「おいおい、ししー。けさあぶーわにかえってきたばかりなんだろ？　それからやしきにきて、みんなをふろにいれて……がんばりすぎだ。きょうはもう、しまいにしろよ」

「でも、残った資料に目を通さないと」

「しりょーってなにー?」

ドゥルーブが可愛らしく首を傾ける。

「護衛騎士に攫《さら》われた時、僕はヴィハーンの記憶喪失を治す方法を探してる途中だったんだ。まだ見つかってないから、続きをやっつけないと」

赤の月が満ちる前に解呪する方法を見つけたい。

「ゆあみしなかったのは、だからかよ」

納得はしたものの、行かせたくないのだろう。不機嫌そうなシュリアの頭に、シシィはキスした。

「夜には帰ってきて湯を使うよ。だからアニクのこと、任せていい?」

「……しょーがねーなあ」

シシィは他の弟たちの頭にも順番にキスすると、砂除けの布で顔の下半分を隠した。頭巾《フード》もかぶればシシィとはわからない。

お腹がいっぱいでうつらうつらし始めたアニクをベッドに寝かせ、職人街へ向かう。老爺が今回もお茶に誘ってくれたが、シシィは丁重に断って書きつけの読み込みを始めた。

頑張らなきゃ。

僕とヴィハーンは運命のつがい。ちょっと綺麗なくらいで、正真正銘のお姫さまであるくらいで、迷宮《ダンジョン》産の高価な薬などなくても子をたくさん産めそうなオメガであるくらいで譲るわけにはいかないし、あの人とつがいになった方がヴィハーンは幸せになれるのかもしれないなんて絶対に思わない。

「思わないのに……」

なぜだろう。目が文字の上を滑る。胸がざわざわして、集中できない。

奥歯を噛み締め、シシィは必死に読み込みを続ける。

◇　◇　◇

迷宮の前に広がる門前広場はいつも賑やかだ。空は常に蒼いし、立ち並ぶ露店の間を探索者《シーカー》や観光客が行き交っている。

王都から来た一行がせっせと喧伝して回っているせいもあり、このところ迷宮都市はお姫さまがヴィハーンに輿入れしてくるという話で持ちきりだ。一方、ヴィハーンが記憶喪失になったことやシシィが行方不明になったことについてはまったく知られていない。混乱を防ぎたい公爵家と後ろ暗いところがあるダーシャたち、両者の利害が一致し、誰も積極的に広めようとしなかったからだ。

——まあ、どんな噂が広がったところで、ヴィハーンが記憶を取り戻してしまえば無意味なんだけど。

シシィが外套の頭巾を目深にかぶったまま門前広場に設置されたテーブルでジュールと一緒に冷たいリラ茶を飲んでいると、職人街に店を持つガリが人波を掻き分け近づいてきた。

「おお、いたいた！　ジュール！　何だ、シシィもいるじゃねえか」

ずんぐりとした体型に編み込みの入った長い髭《ひげ》、もじゃもじゃの眉といういかにもドワーフなガリは、迷宮産の素材の扱いにかけては並ぶ者がいない職人で、シシィの大切な友達の一人だ。

ガリはシシィの隣の椅子にどすんと座ると、目の前にあった酒のジョッキをむんずと摑んでぐっと呷った。テーブルの上には他にも大量の食べ物や酒が所狭しと並んでおり、ランカーたちが好き勝手に食事している。

「このところ、何回屋敷を訪ねてもいなかったが、どこに行ってたんだ？」

ガリの質問に、シンも便乗する。

「集合場所をいきなり門前広場に変更したのも何でだ？　公爵家――はまあ姫さまがいるから駄目としても、守護機関の事務所にすれば埃っぽくなくてよかったのに」

ジュールの夢のような美貌が憂《うれ》いを帯びた。

「事務所は駄目だ。迷宮見物をしたいから便宜《べんぎ》を図れと言って、お姫さまの使いが来ている。シシィと鉢合わせするとまずい」

ガリが眉をぐいと上げる。

「シシィ、お姫さまと何かまずいことになってんのか？」

使い込んだ探索用の外套というとても公爵のつがいには見えない出で立ちのシシィは身を乗り出し、声を潜めた。

「あの、今日僕と会ったことは秘密にしてください。実は僕、お姫さまの護衛騎士に拉致されて砂漠に捨てられて死んだことになっているんです」

「…………………はあ⁉」

ランカーたちの飲み食いする手が止まった。

「ラッ、ラージャは⁉　ラージャは何してんだ！」

「ヴィハーンは記憶喪失で、僕のことを覚えてません」

誰かの手から食べていた料理が落ちる。

「このままヴィハーンがお姫さまをつがいに迎えてしまったら、多分、アブーワ大迷宮攻略計画は頓挫《とんざ》します。富を惜しむ王族はアブーワ大迷宮の攻略に反対なんです」

シンが口から唾《つば》を飛ばし突っ込んだ。

「いや、それ以前に！　シシィはそれでいいのかよ。運命のつがいなんだろ⁉」

「よくないです。だから、ヴィハーンの記憶を取り戻すのに有効かもしれない薬のレシピを探してきました。今日、皆に集まってもらったのは必要な材料を手に入れる手助けをして欲しいからです。今から言うもの、持ってませんか？」

シシィがよく通る声でリストを読み上げ始めると、ランカーたちの表情が引き締まった。

頭が二つある白い蛇《へび》の魔物の毒袋、夜になると紫に発光する、迷宮でしか咲かない花の蜜、腹に大きな目がついた甲虫の目玉……。

迷宮深部まで潜るランカーたちは皆、収納の魔法具を持っている。ヴィハーンの魔法具には採取してきたものの思ったほどの値がつかず死蔵されていた素材が大量にあった。シシィは他のランカーたちも同じようにしこたま溜め込んでいるに違いないと踏んでいたのだが、反応は芳《かんば》しくなかった。

「うーん、そんな魔物、見たことねえなあ」

「帰ったら収納の魔法具の中身をひっくり返して確認してみるが、持っていたとしても腐ってるかも」

シシィは僅《わず》かに頭を傾けた。

「腐る？」

同じ疑問を持った者が他にもいたらしい。

「え？　魔法具に入れたもんが何で腐るんだ？」

「いや、おまえこそ何言ってんだ？　腐るだろーが、普通に」

「いやいや、魔法具に入れたら時が止まるだろ。俺のはできたてのメシ入れとけば、いつでもほかほかのを食べれるぜ？」

「嘘だろ、まさか俺が知らないだけで、高い魔法具買えばそういった機能がついていたのか⁉」

「俺のもあったかいもんはあったかいまま保存されるが、普通に金貨十枚だったぞ」

騒然となったランカーたちの視線がシシィへと注がれる。現在、収納の魔法具の製造を指揮しているのがシシィであることを、皆、知っているのだ。

「あの、僕も収納の魔法具の機能にバラつきがあることは知りませんでした。でも、わかったからには調べますね。よかったら、皆さんが所持している収納の魔法具を、素材の調査の結果と一緒に寮まで持ってきてください。時が止まっているかどうか調べます。協力してくださった方にはお礼に……そうだ、魔法具がもう一ヶ月長く使えるよう、空間魔法を上掛けします」

「おお！」

収納の魔法具は一年ほどで魔法が切れる。継続するためにはまた魔法を掛けてもらわねばならないが、この時も金貨が八枚もいるのだ。

探索者たちは大喜びだ。これなら充分な協力が得られそうだとほっとしていると、軽く腕を引かれた。

「シシィ、あれ」

傍に座っていたランカーが指さす先へと目を遣ると、ヴィハーンを連れたダーシャたちが門前広場に入ってきたところだった。迷宮見物に来たのだろう。

シシィはとっさにしゃがみ込み、テーブルの陰に身を隠した。

「えっ、何だよ、何で隠れんだよ、シシィ」

「ばっか、シシィは死んだことになってるっつったろ！」

「あっ、そっか。大変だなあ、シシィ」

「なあおい、ラージャの奴、こっち見てねえか？」

誰かの声に、ばくんと心臓が跳ねた。

見ちゃ駄目だ。見ちゃ駄目。

駄目だってわかっているのに、ヴィハーンが本当にこっちを見ているのかが気になって我慢できない。シシィはそうっとテーブルの上に頭を覗かせた。厳ついランカーたちの隙間からヴィハーンたちを覗き見て、すぐ頭を引っ込める。

「シシィ？」

「どうしよ……目が合っちゃった……」

凄くよくない予感がする。

「ヴィハーン！」

ダーシャの甘ったるい声が門前広場に響き渡った。ランカーの一人がのんきに笑う。

「お！　ラージャがこっちに走ってくるぞ」

「はは、お姫さんが止めてるけど聞いちゃいねえ」

まずい。シシィは門前広場の外を目指し、走りだした。

ちらりと後ろを見たらヴィハーンが追ってきていたので、精霊魔法を発動する。

「風よ！　どうか力を貸してください。古き友よ、盟約に従って加護を！」

本当はシシィだってヴィハーンに会いたい。でも、今はダーシャと護衛騎士というおまけがいる。

彼らに見つかったら面倒なことになる。

景色がぐんぐん後ろへと流れていった。だが、ヴィハーンは振りきれない。

「いくら獣人でもおかしくない⁉　精霊魔法を使っているわけでもないのに……！」

余所見《よそみ》をしたのが悪かったのだろう。爪先が何かに引っかかった。

「あっ」

魔法まで使って加速していたせいで躯が前へと素《す》っ飛《と》ぶ。とっさに受け身を取ったものの着地の衝撃は大きく、シシィは二回、三回と地面を転がった。

「うー……」

あちこちが痛むけれど寝ている暇はない。飛び起きようとしてシシィはぎょっとする。ヴィハーンがもう傍らに膝を突き、心配そうにシシィを覗き込んでいた。

「大丈夫か？」

――何で⁉

優しく抱き起こされ、シシィは両手で顔を覆う。

背に添えられた手があたたかい。長い黒髪の先が膚をくすぐる。つまり触れられるほど近くにヴィハーンがいる。

――心臓が壊れそうだ……。

でも、いつダーシャたちが来るかわからない以上、いつまでもこうしているわけにはいかない。

ぎゅっと目を瞑ると、シシィは決めた。しらばくれよう。どうせヴィハーンは何も覚えていない。

「あの、僕に何か用ですか？」

シシィの問いに、ヴィハーンは視線を揺らした。自分でもなぜ追いかけてきたのかわかっていなかったようだ。

「……君こそ、なぜ俺を見て逃げた」

「あなたが追いかけてきたからです。用がないなら、僕もう行き……痛っ」

背を抱く腕の力が強くなり、シシィはわざと大袈裟に文句を言った。すぐに腕の力が緩められ、ヴィハーンがどこか必死な形相で言う。

「公爵家の屋敷でおまえを見た。一昨日も、庭で」

「あの、それが何か」

「どうしてだかわからないがおまえのことが頭から離れない。今日も気がついたら後を追っていた。おまえは誰だ？　なぜ俺はおまえのことばかり考えてしまう。教えてくれ。おまえの名は、何というのだ――？」

　ぶわっと全身が熱くなった。

　二人がまだ小さかった頃。シシィと出会ったヴィハーンはつがいがどういうものかも知らなかったのにいきなりうなじに喰らいついてきたという。あの時ヴィハーンを突き動かした運命の力は今も尚、働いていたらしい。

　何も覚えていないのに、ヴィハーンはシシィを追ってきてくれた。

　今も、恋を知らない少年のような初々《ういうい》しさで名前を聞いてくれている。

　やっぱりヴィハーンとシシィの絆《きずな》は特別だったのだ。

「うっ……」

　何だか泣けてきてしまって拳で目元を拭うと、ヴィハーンは目に見えて狼狽《うろた》えた。

「……っ、すまない。怖がらせるつもりはなかった。不快だったなら謝る。だがどうか……」

　迫力のある美丈夫が、シシィのためにいつもはぴんと凛々《りり》しく立った耳をへたらせ長い尻尾をそわそわさせて口籠もっている。

　可愛いとシシィは思った。こんなの見せられて、我慢できるわけない。

　飛びつくようにしてヴィハーンを抱き締める。ヴィハーンは抱き返すどころか硬直した。物慣れない反応が哀しくも愛おしい。

「俺が怖かったのでは、ないのか……？」

　おずおずと背にヴィハーンの手が回される。じっとしていると少し大胆になった指がうなじにかかる髪を掻き上げた。露《あら》わになった膚を見たヴィハーンが小さく息を呑む。

「これは、噛み痕《あと》か？　君にはつがいがいるのか？」

シシィは笑いだしたくなった。あんなにがぶがぶ人の首を噛んでおいて何を言っているんだろう、この人は！

どう答えようかシシィは迷う。あなたが僕の運命のつがいだと言うのは簡単だけれど、ヴィハーンには記憶がない。あることないこと吹き込もうとするダーシャの同類と思われたら困る。

だから本当のことは言わない。でも、嘘も言わない。

「います。誰より優秀で優しい、アルファのつがいが」

「そう、か」

僅かに歪《ゆが》んだヴィハーンの表情に、胸が甘く疼《うず》いた。

「おまえのつがいは誰かって聞かないんですか？」

「私には二週間より前の記憶がない。名を挙げられたところでわからない」

「では、頑張って思い出してください。僕のつがいが誰か」

ヴィハーンが目を細める。

「ということは私が知っている者なのだな？　……私はおまえを知っていたのか？」

にっこり笑うとシシィはヴィハーンの腕から抜け出した。門前広場に戻ろうと躯の向きを変える。

そうしたら驚いたことに、ジュールやランカーたちが小路の入り口にずらりと並んで、にやにやしながらシシィたちのやりとりを見物していた。

「おいおい、いいのかよ、運命のつがいのこと、言わなくてよう」

「立ち聞きしていたんですか？」

でかい図体をした男たちが一斉に視線を泳がせる。品の悪いことをしていた自覚はあるらしい。

「いや、だって何か心配だったからよう」

「面白そうだったし？」

「しっかし記憶がなくなったって聞いた時にはどうなることかと思ったが、何の心配もいらなそうだな」

「甘酢っぱかったなー！　なぜ俺はおまえのことばかり考えてしまう、とか、躯中が痒《かゆ》くなりそうだったぜー！」

がはがはと笑うランカーたちは実に楽しそうだ。わけのわからない野次に気を悪くしていないかと盗み見て、シシィはヴィハーンの薄い唇が動いているのに気がついた。

運命の、つがい。

そう無音でなぞっているのだと気づいてしまったら、かっと躯が熱くなる。全身の細胞がじくじく疼いて——いたたまれない。


気持ちの収拾がつかなくなってしまったシシィは、もう解散と叫び、その場から逃走した。今度は寮に行くことにする。

またしてもヴィハーンがついてこようとしたけれど、ランカーの皆が足止めしてくれた。代わりにジュールがついてきて、必要ないと言ったのに寮まで送ってくれる。どうやら別れた後すぐシシィが拉致されたのがトラウマになってしまったらしい。

「いいか？　寮から帰る時も誰かに送らせるか迎えに来させるかするんだぞ？　決して一人で帰っては駄目だからな？」

「でも、結局お姫さまには見つからずに済んだし、死んだと思われているんだから、危険は――」

「駄目だからな？」

「えっと――はい」

しつこく念を押した上、寮に入るまで見守る過保護っぷりである。

「もう油断なんてしないのに……」

申し訳なく思いつつ寮の扉を叩くと、シシィが弟の一人のように可愛がっている年若い空間魔法の使い手が顔を覗かせた。

「はい。あれ？　シシィさま？　どうしたんですか？　今日、約束はしてない……ですよね？　あの、魔法具については全然何にも進展がないんですけど」

予定にない来客におろおろする姿を見たら、ふっと緊張の糸が切れた。

「ロニー……」

自分よりなお薄い肩に縋《すが》ると、わあとのんきにも聞こえる声が上がる。

「だっ、大丈夫ですか⁉」

「ん。ちょっと気が抜けただけ」

玄関ロビーの壁際には木製の古い長椅子が置かれている。ロニーはシシィをそこに座らせると自分も隣に座り、心配そうに聞いてくれた。

「何か、あったんですか？　僕にできること、ありますか？」

優しい言葉が胸に染みる。鼻の奥がつんと痛くなり、シシィは奥歯を噛み締めた。

「別に、何てことないんだけど。さっき、ヴィハーンに会って」

「領主さま？」

ロニーはヴィハーンが記憶喪失になったことを知らない。最初から説明しなくては不親切だと思ったけれど油断したら嗚咽《おえつ》が漏れてしまいそうで、シシィは喋り続ける。

「あの人、お姫さまに呼ばれているのに、僕のところへ来てくれて」

我ながら支離滅裂である。でも、ロニーは笑った。

「シシィさまって、本当に領主さまが好きですよね」

あれ？とシシィは目瞬かせた。自分は今、そんな話をしただろうか。

「『可愛い』なんて強がっていたけど、本当はシシィさま、不安だったんでしょう？　王女さまとの縁談なんてものが持ち上がったら当然です。でも、大丈夫。領主さまはシシィさま以外眼中にありません。たとえ王女さまだって領主さまにとっては芋と同じですよ」

「芋」

ちょっとだけ笑ってしまった。あのお姫さまが芋！

「……僕、そんなにヴィハーンのことが好きなように見える？」

人前では抑《おさ》えているつもりだったので聞いてみると、ロニーは大きく頷いた。

「見えます。今だって領主さまがお姫さまより自分を優先してくれたのが嬉しくてこんなになっちゃってるんでしょう？」

こんなって、どんなになっているんだろう。

立ち上がって装飾品として飾られている鏡を覗いてみて、シシィは驚いた。上気した頬に僅かに潤んだ瞳……。まるで酔っ払っているみたいだ。

うぅん、みたいじゃなくて本当に酔っているのだ。自分など忘れてしまったはずのヴィハーンに追いかけてもらえたことや、自分を見るヴィハーンの目にかつてと変わらない熱情が燃えていたこと。それからダーシャに対するそっけない態度が嬉しくて。

「あーっ、もう！　駄目駄目、しっかりしなきゃ！」

シシィはいきなり両手で自分の頬を叩き、気合を入れた。

「シシィさま？」

ヴィハーンは記憶もないのにダーシャに抗ってくれている。僕もやるべきことを全力でやらなきゃ。

「ロニー、今日来たのは収納の魔法具について聞きたいことがあったからなんです。皆にも意見を聞きたいので、いる人に集まってもらいたいんですけど……」

「全員いますので、そうですね、食堂に集まるよう、声を掛けてきます」

寮の食堂は大勢が一度に食事を取れるようそれなりの広さがある。ロニーが各人の部屋を訪ねるため階段を上っていくと、シシィは先に厨房に行きリラ茶を淹れた。大きなポットとカップを盆に載せて食堂に行ったらちょうどロニーも含め六人の空間魔法の使い手たちが揃ったところだった。

皆、くつろいでいたのか、もっさりとした部屋着姿だ。伸びすぎた髪で顔を隠していたり俯《うつむ》いて爪先ばかりを見ていたりして全然視線が合わないけれど、彼らが人間不信気味なのを知っているシシィは気にせず長いテーブルの一番奥のお誕生日席に盆を置いた。

「あ、お茶！　すみません、用意していただいて。後は僕がやります」

「大丈夫。もう注ぐだけだから座っていてください。カップだけ回してもらっていいですか？」

茶を注いでカップを差し出す。隣に腰を下ろした青年はおどおどと目を泳がせたものの、ちゃんとカップを受け取って回してくれた。

「ごめんね、急に押しかけてきて」

「とんでもない。僕たちが安心して暮らせているのもシシィさまのおかげなんです。気を遣わないでください。それより、聞きたいことって何ですか？」

シシィは熱いリラ茶に蜂蜜《はちみつ》を落とした。

「実は、しまったものの時が止まる収納の魔法具と止まらない魔法具があるみたいなんですけど、知っていました？」

皆、シシィ同様、考えたこともなかったのだろう。きょとんとした。

「そうなんですか？」

「俺ら作るだけで魔法具を使うことってないし」

魔法具などなくても空間魔法を使えるのだから当然だ。

真っ白な髪を胸まで垂らした青年がもじもじと指先を捏《こ》ねる。

「オレ、商人にこき使われている時、野菜や肉は新鮮じゃなくなってしまうからって、鉱石ばかり運ばされてた。けど、皆は違う、のか？」

「ぼ、僕も似たようなこと、言われた」

「ボクも」

「腐るけど、入れないよりゆっくりになりますよね……？」

唯一の女性である空間魔法の使い手が上目遣いに皆の様子を窺《うかが》う。シシィは愕然とした。魔法具でなく、直接空間魔法を使う場合でも違いがあったらしい。しかも皆、他の人と比較したことがないからそれが普通だと思っていたのだ！

「止まるか止まらないか試したいので、寮にある魔法具を全部持ってきてもらっていいですか？」

作業部屋や金庫にしまわれていた魔法具が食堂に集められる。全部で五つしかなかったけれど、リハーサルには充分だ。まずは湯の入ったコップを三十分しまってみる。結果は実に興味深いものとなった。同時に入れて出したのに、湯の温度は熱いものから冷たいものまでまちまちだったのだ。

実験結果を記録しようと広げた紙を前に意見を出しあう。

「三十分後、の、温度、も、計測しておいた方が、いい」

「誰が作った魔法具かということも必要じゃない？」

「製造年月日と魔法を掛け直した日時、魔法具の形状なども重要では？」

チェックすべき項目が決まったところで、ランカーの一人目がやってきた。

「悪いな。ご希望の品はなかったわ。俺ら、元々あんまり魔法具にモノを溜め込まねーよーにしてんだ。一回、更新が間に合わなくて大変なことになっちまったから」

筋骨逞しい獣人がテーブルの上にイヤーカフ型の魔法具を置く。ぐつぐつ煮立った湯のコップを魔法具に仕舞いつつ、ロニーが小さく首を傾げた。

「？　片づけるのが大変だったんですか？」

「ああ、大事な武器や素材と腐ったモンが一緒くたになってぶちまけられてよ。鼻が曲がるかと思ったぜ」

どうやらこのランカーの魔法具は時間が止まらないタイプのようだ。でも実際に確かめてみるのは大切だと、三十分経つのを待ちながら購入年月日などを聞き取る。ついでなので他に気がついたことはないか、使い勝手はどうかも聞いて、三十分経ったら出した湯の温度を計測して記録。協力へのご褒美である魔法の上掛けをして魔法具を返したら終了、である。

今日の今日なので来訪者は少なかった。夕暮れになるとシシィは、最後に来たランカーに送られ、『豊穣の家』に帰った。

翌日、翌々日はアニクとシュリアも連れて寮へと赴き、情報を集める。くぅとオム、ドゥルーブはお留守番だ。

調査の結果、内容物の時間の流れが異常なのは、製作者不明の守り袋入り魔法具——ロニー以外のメンバーは、シシィが空間魔法を使えることを知らない——と、ロニー、そして女性の魔法の使い手が作ったものだけであることが判明した。三人のうち、シシィとロニーのものは完璧に時間が止まっていたが、女性のは時間の流れが緩やかになっているだけのようだ。

皆、この発見に夢中になった。

「思うんだけど僕たち、これまで知られていなかった時間魔法って奴を発見しちゃったんじゃないかな」

「この三人だけ無意識に、空間魔法だけでなく時間魔法も魔法具へ込めていたってこと？」

「魔法具を介さず、時間魔法を発動することってできないかな。その場合、どんなことが起こるのかな」

皆に言われるまま、ロニーと女性、二人の時間魔法の使い手が色んな実験をしてみる。その結果、ロニーだけが時間魔法を操れるようになった。うっかり落としたコップを空中で止めてのけたのだ。零れかけた水まで止まっているのを見たシュリアがしっぽの毛を逆立てる。

「すげえな！　ろにー、おれたちとだんじょんにいかねーか？　せんとーちゅー、あいてのうごきをとめられるか、ためしてみよーぜ。たとえいっしゅんでもまものをとめられれば、ろにーはむてきだ！」

恐ろしいことを言う幼な子にロニーは青褪めた。

「何を言いだすんですか。僕が迷宮《ダンジョン》なんて怖いところに行けるわけないでしょう！」

ロニーとシュリアが、いーじゃねーか、よわいうちはおれたちがまもってやるから、厭です僕は魔法具職人で満足してるんですと言いあう。

ようやく慣れてきてくれたのか、最初はまったく目を見てくれなかった白い髪の青年が、内気な笑みを向けてくれた。

「あの、領主さまが復帰して、安全に迷宮に入れるようになったら、試してみるのも面白いかも、です、よね。――シシィさま？」

二人の攻防をぼーっと見ていたシシィは、今目覚めたかのように瞬いた。

「あ……あ、そうですね。面白いかも」

「あの、大丈夫、です、か？　今日はこれくらいでお開きにします、か？」

「ごめんなさい。そうしてもらっていいですか？」

何だか躯が熱っぽい。朝は平気だったのに、頭に霞《かすみ》がかかったかのようで、全然作業に集中できない。風邪の症状に似ているけれど、これは違う。赤の月のせいだ。魔の月が丸く満ちようとしているせい。

——多分今夜、発情期《ヒート》が始まる。

アブーワ中を探したけれど、解呪の薬を作るのに必要な素材は半分も集まらなかった。シシィは、間に合わなかったのだ。今夜、ヴィハーンは記憶がないまま、発情期を迎えるダーシャの傍で夜を過ごす。

こんなことならダーシャがしたようにヴィハーンを攫ってしまえばよかったと思ったけれど、発情期を迎えるとシシィの躯はシシィの言うことを聞かなくなる。これから屋敷に忍び込んでも、護衛騎士に捕まるのが関の山だ。運が悪ければ今度こそ殺される。打つ手なしだ。

シシィはのろのろと席を立った。

「明日からしばらくの間、来られないと思います。もしまたランカーが来たら、僕の代わりに対応してもらっていいですか？」

「もちろんです」

散らかった玩具を拾い集めてアニクを抱き上げれば、帰り支度は完了だ。

「じゃあ、後はお願いします。アニク、ばいばいして」

「ばーば」

アニクが生真面目な顔で頭の横に掲げた手をにぎにぎした。人見知りが激しい寮の住民たちもアニクには相好《そうごう》を崩し、手を振り返す。

「ばいばーい！」

玄関ロビーを通り抜け扉を開くと、暮れ始めた空が視界に広がった。巣に帰る鳥たちが群れを成して飛んでゆく。

――ん？

違和感を覚えて目を凝らし、シシィはぎょっとした。砂漠の上にむくむくと黒い雲が湧き上がりつつあった。あれは雨雲だ。

砂漠に位置する迷宮都市アブーワに、嵐がやってこようとしている。

『豊穣の家』へ帰り着き、扉を開いた途端、もふもふふかふかの魔物が飛びついてきた。

「くぅ！」

「うわ。ただいま、くぅ」

「ししー、おかえりっ」

くぅの頭を撫でてやったところで、公爵家に残してきたはずの小さな弟たちがわらわらと足に抱きついてくる。

「あれ、みんな、どうしたの⁉」

「おかえりなさい、シシィ。皆、頼りになるお兄ちゃんがいないと淋しいらしくて。差し入れを持って顔を見に来たんですよ。夕食をご一緒させてもらってもいいですか？」

台所のテーブルから立ち上がったのはルドラだ。彼が弟たちを連れてきてくれたのだろう。

シシィは弟たちを抱き締めた。

「ただいま、みんな。オムとドゥルーブは留守番、ありがとう」

「ん！」

「どぅるーぶたち、おそーじも、あらいものもしたよー」

撫でてとばかりに差し出されたみかん色の耳が生えた頭をわしゃわしゃし、茶トラの毛並みのオムをぎゅっぎゅっぎゅするとと、シシィはルドラを見上げた。

「ルドラさんも、ただいまです。大歓迎ですけど、こんな日に来て大丈夫ですか？」

「こんな日？」

シシィが黙って指し示した窓の外を見たルドラの目が見開かれる。

「……え」

まだ陽が残っていてもいい時間なのに、空は暗くなっていた。迫りつつある雨雲のせいだ。遙か高みまで連なる積乱雲が畏怖を覚えるくらい大きい。時折表面を走る光の矢は雷に違いない。くぅがきゅんきゅん声を上げて足元に纏わりついてきたので、シシィはアニクを抱いていない方の腕で抱き上げ、窓の外を見せてやった。くぅもまた、この滅多に見られない荘厳な光景に見入っているのだろうか。窓ガラスに肉球と湿った鼻先を押し当て動かない。

「帰る途中で降られたら大変だから、今日は泊まっていってください。ソファか小さいベッドしかなくって申し訳ないんですけど」

「えっ、あ、ああ。そうさせてもらいます」

返事をする間もルドラは雨雲から目を離そうとしない。アブーワで生まれ育ったルドラにとって、雨雲はとても珍しいものなのだろう。だが、北部のイシ領で育ったシシィたちにとってはそうでは

ない。

やったあと歓声を上げる弟たちにじゃあ晩ごはんの用意を始めようかと声を掛けると、まず小さい子が靴を蹴り脱ぎテーブルによじ登った。端から端までぺったぺったと歩きながら、散らかっているものをぽいぽい投げる。行儀が悪いが、小さすぎてテーブルの中央まで手が届かないので仕方がない。

投げられた使用済みの皿やアニクの玩具は他の子が受け止め、決まった場所に仕舞ったり流しに浸けたりした。何もなくなった場所をまた別の子が絞った台布巾で拭き、綺麗になった場所にルドラが魔法具から出した料理を次々と並べてゆく。

「うまそーだな」

カップを配りながらシュリアが白いしっぽを揺らした。所狭しと並べられた料理はどれも手が込んでいて豪華だ。あまり食欲はないけれど本格的に発情期に入ったらろくに食べられなくなる。しっかり食べようとシシィは思う。

そうしているうちに雨雲がアブーワに到達したらしく、雨粒が屋根を叩く音が聞こえ始めた。空が割れるような雷の音もする。普通なら憂鬱《ゆううつ》になるところだけど、みんなが来てくれたおかげで気分が浮き立ち、全然気にならない。食事が始まると、弟たちが料理を頬張りつつ色んなことを教えてくれた。

「いまんとこねー、おひめさまたち、ししーはめがみさまにめされたって、おもってるみたいー」

「おひめさまがらーじゃとケッコンするってきーたきぞくが、まいにちおくりものもってきてるよー。でも、おひめさまといっしょにいらっしゃいませするらーじゃのたいど、ひえひえなのー。きぞくたち、かえるとき、くびかしげてる」

「こないだね、おひめさまね、むりやりほーもつこにはいろーとしたんだよ。それでね、どろぼーよけのまほうに、ばちーんって」

隣の椅子に座らせたアニクに果物を食べさせてやっていたシシィは吹き出した。公爵家の宝物庫にはわざわざ大神殿に依頼し、血族以外が入ろうとすると雷魔法が発動するようにしてある。もちろん公爵家の誰かに連れていってもらえば問題ないのだが、勝手に入ろうとして魔法を発動させるとは！　お姫さまはさぞかし決まり悪い思いをしたに違いない。

「えとね、そんでね、おひめしゃま、ほーもつこみせてってっておねだりしたの。れも、らーじゃ、だめーって」

シシィはアニクが落とした果物の欠片を拾って自分の口に入れた。記憶がないのにヴィハーンがダーシャの頼みを断ったのは意外だった。だってダーシャはあんなに可愛いのだ。

「宝物庫のこと、ヴィハーンは覚えていたのかな」

「うんとねえ、コジンテキなことといがいはわかるんだって！」

「なるほど……。それにしても皆、随分お姫さまのことについて詳しいみたいだね。僕、お姫さまのとこに忍び込んじゃ駄目って言ったはずなんだけど、不思議だなあ」

弟たちの丸っこい獣耳がぴくぴくし、目が明後日の方を見る。

「ルドラさんも。弟たちに危険なことさせないでください」

「僕は止めたんですよ？　君たちに何かあったらシシィが哀しむ、やめろって。でも、兄上を取り返せない方がシシィは哀しむって聞かなくって」

「もー」

シシィは手近にいた弟の一人の鼻をきゅっと摘まんでやった。弟は厭がるどころか、にぱっと笑んだ。このところ離れていたせいで、かまってもらえるだけで嬉しいのだ。

別の一人が上目遣いにシシィの顔色を窺う。

「あのね、ししー。きのーね、ぼく、らーじゃにみつかっちゃった」

他の弟たちも知らない話だったらしい。丸っこい耳が一斉に立った。

「お、おこらんなかった？」

「んーん。らーじゃ、まえからきづいてたみたい。ししーのこと、いっぱいきーてきた。いばしょ、おしえちゃったから、きちゃうかも」

「ええ⁉」

シシィは気もそぞろになった。

——ヴィハーンがここに来る……⁉

また会えるかもしれないと思っただけで胸の奥がきゅんと甘く痛む。でも、ダーシャがいる限りそんなことを許すはずがない。

ルドラはこれはまずいと思ったらしい。

「兄上に無闇にものを教えては危険です。兄上は何もわからなくなってしまっているんです。もしかしたらお姫さまに、シシィが生きてここにいることを教えてしまうかも。そうしたらシシィはまた命を狙われるかもしれません」

注意された弟は萎れるどころかにぱっと笑った。

「らいじょーぶ。ひみつだよーって、おひめさまにしられたら、ししー、ころされちゃうからねーって、ねんおししたもん」

ルドラもシシィも唖然とする。

「まさかそんなことをそのまま兄上に……？」

「ゆったよー？　あとねえ、おひめさま、らーじゃがいるまえだといーひとぶってるけど、ほんとーはじじょやごえーきしたちに、しゅ――――っごくいじわるなこともおしえてあげた」

「あにくのこと、なんてかわいくないこだって、わるぐちゆってたことも！」

「あああああ……」

ルドラが頭を抱える。

「それより、ししー。こーりゃくけーかく、すすんでるー？」

頬いっぱいにご馳走を詰め込んだ弟の一人が、口をもごもごさせながらシシィの袖《そで》を引く。頭数が多すぎて嵩張るので打ち合わせに参加させないこともままあるが、弟たちも大事な大迷宮《グレートダンジョン》攻略作戦の一員である。シシィは口を大きく開けてごはんを要求するアニクに匙を差し出しながら説明した。

「ええっと、今ある十五階層までの昇降機の下に、十五階から三十階、三十階から四十五階まで結ぶ昇降機を設置する方向で、シンさんたちが設置場所の検討を、ガリさんが必要な建材の準備を進めてるよ。両方とももうすぐ終わる予定」

探索者《シーカー》の敵は魔物だけではない。安心して眠れる場所がなく常に襲撃を警戒しなければならないことによるストレスやパーティーメンバーとの人間関係、何より長大な移動距離と時間が彼らを苦しめ疲弊《ひへい》させる。

どの階層でも階段は上階へ繋がるものが一つと下階に繋がるものが一つしかないが、両者が近くにあるとは限らない。階層によっては階段から階段に移動するだけで数日かかる。ランカーの場合、深層の入り口である第四十五階層への往復だけで二ヶ月以上要する上、更に目的の魔物を探したり襲いかかってくる魔物を撃退したり、探索が進んでいない階層に至っては地図を作るところから始めなければならないため、探索期間が半年以上にわたるのもざらだ。

当初、迷宮《ダンジョン》の壁や床は破壊不可能だと考えられていた。いくら地上から穴を掘っても、すぐ下にあるはずの第一階層に抜けなかったせいだ。

その結果、入り口で地上の世界と繋がっているだけで迷宮自体は異界にあり、この世界の者からは干渉不可の存在なのだと考えられるようになった。地上にはいない魔物が数多く棲息しているのもそのせいだ。だが、迷宮内の地面や壁は単に硬いだけだったらしい。ある時、下の階層に繋がる崩落が発見された。

何階層も貫いていた穴を広げ、昇降機が設置されると、上層から中層の探索は劇的に楽になった。準備する食料も水薬《ポーション》も少なくて済むし、怪我をしてもすぐに安全な地上に戻って治療を受けられるようになったからだ。

「らーじゃ、じゅんびおわるまえに、こーりゃくのこと、おもいだすかなー？」

ドゥルーブが頬杖を突き、頭を傾ける。どうだろうと答えかけた時だった。弟たちが一斉に耳を立て、扉の方へと顔を向けた。

誰かが来たらしい。

シシィはルドラにアニクを預け、窓の外を覗く。

外は豪雨で、いつもは乾ききっている道を濁流が流れていた。前庭もうっすらと水で覆われているようだ。タイミング良く落ちた雷の光に、外套をはためかせた怪しげな男のシルエットが浮かび上がる。

大きな人だ。頭巾《フード》をかぶっているけれど、はみ出した長い髪が数筋、強い風に煽《あお》られて舞っている。爛々と光る赤い目が何とも禍々《まがまが》しい。

普通なら扉に固く鍵を掛けるところだけど。

「ヴィハーン！」

シシィは叩きつけるように降る雨の中へ飛び出した。

あれはヴィハーンだ。来てくれたのだ。

喜びに胸が満たされる。

——色んなことを覚悟した。ヴィハーンがダーシャに取られてしまうことも、二度と公爵家の屋敷に帰れなくなることも。

でも、発情期が来た今夜、ヴィハーンはここに来た。お姫さまの傍ではない。僕の前にだ！

そのまま胸に飛び込んでしまいたかったけれど、シシィは一歩手前で足を止めた。

「どうしてこんなところにいるんですか？　こんな天気に外に出たら危険なのに」

激しい雨に打たれながら問うと、ヴィハーンは視線を揺らす。

「こんな日でもなければすぐ連れ戻され、君とゆっくり過ごせないからだ。迷惑、だったろうか」

いつも自信に満ち恐れを知らなかった男の不安そうな顔に、シシィの心臓はきゅうっとなった。

「ううん。来てくれて、嬉しい、です」

精いっぱい爪先立って自分より大きな男を抱き締める。ヴィハーンもおずおずとシシィの背に腕を回し、鼻先をうなじに寄せた。

「どうやら、今日来て正解だったようだな。いいにおいだ。……血が滾《たぎ》る」

確かめるように深く息を吸い込み、震える溜息をつく。

「やはりこの嚙み痕は私がつけたのだな」

アルファは発情期のオメガのにおいを嗅ぐと欲望を抑えられなくなるが、オメガにつがいができるとにおいが変わるのか平気になる。つまり、うなじに嚙み痕のあるオメガが発情させられるのはつがいだけなのだ。

シシィのにおいに一瞬で沸騰した血から、ヴィハーンは自分こそがシシィのつがいなのだと気づいたらしい。

「そうです、ヴィハーン。僕はヴィハーンのオメガです」

外套の表面でばちばちと弾ける雨の音がやけに大きく聞こえた。

ヴィハーンが無言で身を屈め、シシィの尻を抱え上げる。シシィは抱き上げられることによって届くようになったヴィハーンの頭から勝手に外套の頭巾を剝がし、綺麗に整えられた黒髪に鼻先を埋めた。深く息を吸い込むと、ヴィハーンのにおいが胸いっぱいに広がる。

いつもと違う、強いにおい。これはシシィのにおいに反応して発情しつつある証しだ。

かあっと躯が熱くなる。じゅくじゅくと躯の芯が濡れ、理性が失われてゆく。

欲しい。

ヴィハーンがシシィを抱いたまま歩きだす。きちんと閉まっていなかった扉を蹴って開け、ルドラも弟たちも目に入らない様子で部屋を横切って。奥にあった扉を開くと、シシィがかつては一人で、今はアニクやくぅと一緒に使っている寝室が現れた。

シシィをベッドに下ろしたヴィハーンは、寝具が濡れるのもかまわずのしかかる。ナイフを固定してあるベルトが外された。膚にはりついていたズボンも下着ごと足から抜かれ、木の床の上でびちゃりと濡れた音を立てる。次いでシャツの釦《ボタン》に手を掛けたものの一つ外したところでまどろっこしくなってしまったのだろう。前のあわせが力任せに引きちぎられ、飛んだ釦があちこちで跳ねた。胸元がはだけると、もう我慢できないとばかりにヴィハーンが襲いかかってくる。薄い胸にぽっちりと色づいた突起に吸いつかれただけで甘い痺れが尾骨まで走り、シシィは思わず腕で口元を覆った。

薄い扉一枚向こうには弟たちやルドラがいる。声を抑えなければいけない。

「初めておまえを見た瞬間、本能の疼きを覚えた」

膝立ちになったヴィハーンが外套を脱ぎ捨てる。腹立たしいことに、シシィと違ってヴィハーンは頭巾を取られた頭しか濡れていなかった。中に着ていた膝上丈のシャツは見たことがないものだ。ダーシャが用意したものだろうか。

「そんなもの脱いで……早く」

上半身を起こし自分のシャツを膚から引き剝がしながら言うと、ヴィハーンは嬉しそうにしっぽをうねらせた。上から二つ外すと残りの釦を無視して頭から抜く。

迷宮探索のためどこまでもストイックに鍛え上げられたヴィハーンの肉体を見たシシィは目を細

めた。そこには己に厳しく、目的のためなら努力を厭わないヴィハーンの内面が映し出されている。もどかしげに長靴《ブーツ》を蹴り脱ぎ腰布をかなぐり捨て、全裸になったヴィハーンに抱き締められたシシィは安堵の溜息をついた。このところ一緒にいられなかったせいだろうか。触れられているだけで満たされるものがある。

「ヴィハーン、……ありがと」

全身でヴィハーンを堪能しながら囁くと、丸っこい黒い耳がふるんと揺れた。

「うん？　何がだ？」

「お姫さまじゃなく、僕のところに来てくれて。お姫さまも発情期に入っていたんでしょう？」

弟たちの耳を気にして小さな声で囁けば、ヴィハーンは不快そうに顔を歪めた。

「ああ。胸焼けしそうなくらい甘ったるいにおいを振りまいていた。だから逃げてきたんだ。あんな痴癪持ちの子供に手を着けるくらいなら、ガラムの実を鍋いっぱい平らげた方がましだからな」

ガラムの実というのは、苦みのある香辛料だ。少量なら料理の味を引き立てるが、たくさん食べすぎるとお腹を下してしまう。

シシィは声を上げて笑った。安堵のあまり泣きそうだった。

お姫さまには悪いけれど、ヴィハーンが全然彼女に惹かれてなくて嬉しい。

ヴィハーンの掌が躯の稜線をなぞり、太腿の内側へと入ってくる。雨に冷えた膚に熱を与えながら男の手が足のつけ根に近づくと、シシィは目を伏せた。

まさぐられる。恥ずかしいくらい潤んだ蕾を。

「きて……」

囁くように求めると、ヴィハーンは羞恥《しゅうち》と期待に震えつつ待つシシィの中へと、長い指を埋め込んでくれた。具合を確かめるように指を動かされただけで肉襞がきゅうんと収縮し、もっとちょうだいとばかりにヴィハーンの指を舐《ねぶ》る。

「う、ん……」

もっと触って欲しくて腰をもじもじさせると、ヴィハーンが喉を鳴らした。

「シシィ……」

「あ……っ」

感じる場所を悪戯され、シシィはくんと腰を反らす。でも、肉の奥への愛撫は止まらない。にゅくにゅく、にゅくにゅくと動く指先に、シシィは手の甲で口元を覆い身悶《みもだ》えする。

「ん……っ、ん……っ」

気持ちいい。でも、もっと欲しい。

シシィの中はもう熟《う》れ、雄を欲しがっている。

シシィは自分から立てた膝を開いた。男の指をくわえ込みひくつく孔を見せつけるようにして、ヴィハーンを誘う。

「や、も……早く、来て」

赤い瞳が獣じみた光を放った。

太腿を摑まれ、躯が二つ折りになるくらい大きく足を割り開かれる。ヴィハーンは上から串刺しにするようにして、逞しいモノを突き立てた。細い腰には大きすぎるように見えたけれど、ヴィハーンの怒張はシシィの濡れそぼった孔にずぶずぶと吞み込まれていった。

「は、あ……っ」

狭隘《きょうあい》だった肉の狭間が裂けそうなほど押し開かれてゆく感覚が怖い。でも、自分を貪《むさぼ》りたいがためにヴィハーンがこんなにも硬くなっているのかと思うと嬉しくもあって。――死んでもいい。この人の子を孕みたいと、シシィは強く思った。

これってオメガの本能なんだろうか。

熱に浮かされたようにシシィはねだる。

「動い、て。奥のとこ、ヴィハーンのでぐちゃぐちゃになっちゃうくらい、いじめて……」

襞に体液を塗り込めるように抉《えぐ》られるの、好き。

「シシィ」

ヴィハーンが動きだす。凄くおっきなモノで中を擦り上げられるたび、じんと腰が痺れた。どこもかしこも蕩けてしまいそうで、シシィは身を捩《よじ》る。

「あ、あ。ヴィハーン、はっ、そこ、そ、ん、あ……！」

手首で口を塞いでみたけれど、ヴィハーンに揺さぶられるたびに鼻にかかった声が漏れてしまうのを止められない。

「ん、どうしよ、弟たちに聞こえちゃう……」

息を詰めたら、何だか頭がくらくらしてきて。

「シシィ……っ、少し、緩めろ。これではすぐ……っ、持っていかれてしまう……っ」

焦《あせ》ったようなヴィハーンの声が聞こえたけれど、意味が全然頭に入ってこない。始めたばかりなのにきゅんきゅんと奥が痙攣《けいれん》して、張り詰めたモノにしゃぶりつく。

ああ、凄い。ヴィハーンの、ごりごりって、僕の一番深いトコまで……っ。

記憶がないなんて嘘なんじゃないだろうか。尻に茂みがつくほど深々と押し込んで、ヴィハーンが腰を揺する。前回の発情期でもヴィハーンは同じことをした。こうされるとシシィが泣きじゃくるほど感じてしまうと知っているのだ。

「や、だめ、だめ……っ」

シシィは頭を打ち振った。全神経がヴィハーンの淫猥《いんわい》な動きを追い、与えられる快楽に戦慄《わなな》いている。

あ、ク、る……！

腰を掴むヴィハーンの腕に爪を立て、シシィは全身に力を込めた。硬く張ったモノの先からは何も出なかったけれど、ヴィハーンのモノを呑み込んでいる躯の奥底から熱いうねりが広がってきて。

「……！」

朦朧《もうろう》とする中、得た快楽は深かった。

♪　♪　♪

稲光にひしと抱き合うシシィとラージャの姿が浮かび上がった時、シュリアたちは快哉《かいさい》を叫《さけ》んだ。ルドラも無言で拳を突き上げる。

皆で二人をぎゅっぎゅしたい気分だったけれど、発情期《ヒート》を迎えたつがいにちょっかいを出すなんて馬鹿がやることだ。お互い以外見えない様子の二人が寝室に消えると、シュリアたちは顔を見合わせにまっと笑った。

「うえ、いこっか」

本当は屋敷に戻って二人きりにしてあげた方がいいんだろうけれど、この嵐である。外に出るのは危険だ。それに、子作り——どういうことをするのかは知らない——の間、邪魔が入らないように見張る必要があった。お姫さまが血眼になってラージャを捜しているに違いないからだ。

梯子《はしご》をよじ登って屋根裏部屋に入ると、急に屋根を叩く雨の音が大きくなる。煩いけれど、その方がシシィたちが何をしているか聞こえなくていい。

明かりはつけないまま、シュリアたちは満ち足りた気分で窓の外を眺める。嵐は収まる気配すらない。

「ししー、おひめさまにかっちゃったね」

「んっ、んっ、かーた？」

「そうらよ。あにくのかあさまらよ」

シュリアが兄弟に交じり外を眺めるルドラに自分のベッドを指し示した。

「るー、こんやはおれのべっどをつかってくれ。おれはおむのとこにいれてもらう」

「あー、ああ……ありがとう」

躯を丸めないことには寝られそうにないほど小さいベッドに、ルドラは途方に暮れたような顔をしたが、これ以外ないのだから我慢してもらうより他ない。

「あにくー、どぅるーぶといっしょにねよー！」

ドゥルーブに声を掛けられたアニクが、翼の生えた砂漠狐《デザートフォックス》のような魔物を抱き締める。

「どぅぶ、くーぅ？」

「くうもいいよー。おいでー」

くぅがくぅと鳴いた。

それからもみんなで大自然だけが作り出せる壮大な光景を眺めていたのだけれど、いつの間にか眠ってしまったらしい。気がつくと世界が明るくなっていた。

もそもそと毛布から這い出し窓の外を覗いてみたシュリアは目を瞠《みは》る。一夜にして砂漠が緑の丘に変わっていたからだ。

昼には『豊穣の家』の庭も色とりどりの花が咲き乱れる花畑と化したので、昼食は外で食べることにした。敷物を広げていると、街の方から白金色の髪を背に垂らしたエルフがのんびりと歩いてくる。

「あっ、じゅーる！」

敷地を囲む柵《さく》をわらわらとよじ登り手を振るシュリアたちに、ジュールは白皙《はくせき》の美貌を綻ばせた。

「やあ、シュリア。昨夜は酷い嵐だったけれど、『豊穣の家』は大丈夫だったかい？」

「おう。もんだいねえ」

シュリアがいつものように元気いっぱい、にっと笑って見せると、ジュールも力なく笑う。どうやら疲れているらしい。

「相変わらず漢《おとこ》らしいな、君は。赤の月が満ちてしまったが、シシィの様子はどうだ？　乗り越えられそうか？」

つがいがいないオメガの発情期はとてもつらいものらしい。ジュールはダーシャのせいでヴィハーンと一緒にいられないシシィを心配して来てくれたようだが、心配は無用だった。

両手で柵に摑まったオムがぴょんぴょん跳ねる。

「らいじょーぶ！　きのーのよる、らーじゃきたし」

「ヴィハーンが？　あの嵐の中を来たのか？　それはまた何ともあの男らしいが……ほったらかしにされたお姫さまはお冠だろうなあ……」

ジュールは遠い目をするが、シュリアたちは涼しい顔だ。シシィに意地悪をしたのだから、罰くらい当たって当然と思っているのだ。

「ねーねー、それよりまちはどんなかんじー？　おやしきはかわりないー？」

ドゥルーブがアニクをだっこして柵に近づいてくる。その後ろをちょこちょこついてくるくぅが先日の魔物だと気づいたらしい。ジュールが固まった。

「……公爵邸の方へは行ってないからわからないが、街の通りは穴が開いたり砂や岩が取り残されていたりしていて滅茶苦茶だよ。これじゃ商売にならないと皆が総出で復旧作業を始めて、今は馬車どころか馬も通れない。あっちこっち通行止めになっているせいで、ほんの五分のところにある店に行くのも一苦労だ。今のアブーワはまさに迷宮都市だよ」

シュリアたちはにんまりした。願ってもない事態である。平時でも余所者のお姫さまたちにとってヴィハーン捜索は至難の業《わざ》だろうが、移動もままならないとなれば『豊穣の家』まで辿り着ける可能性は皆無に等しい。

「とはいえみんな、きをぬくなよ。おれたちのやくめは、ひーとのあいだ、らーじゃとしーをまもることだ。まのつきがまんまるなみっかかん、だれもこのいえにちかづけねーぞ！」

「おー！」

シュリアたちが声を合わせると、アニクまで皆の真似をして拳を突き上げる。気合に満ちた幼な子たちの様子にジュールの表情も緩んだ。

「いい心がけだ。だが、折角の機会だ。しばらく私が見張りにつくから、砂漠の奇跡を見てきたらどうだ？」

「さばくのきせき？」

「砂漠が花畑になっているはずだぞ。あれは二日もすれば枯れてしまう」

砂漠が緑になっただけでもびっくりなのに、花畑になっている？　しかも明日には無残に散ってしまうだって？

幼な子たちがそわそわし始める。シュリアはドゥルーブやオムと視線を交わすと、力強く頷いた。

「すまねえ。るすをたのむ」

「ゆっくり遊んでおいで。どうせ守護機関《キーパーズ》はしばらくの間、開店休業だ」

確かに街がそんな状態なら、迷宮《ダンジョン》探索どころではない。

シュリアはドゥルーブに代わりアニクをだっこすると、足元に纏わりつくくぅを蹴ってしまわないよう気をつけつつ荒れた道を進んだ。道はでこぼこになったり真ん中にいきなり大きな岩が埋まっていたりして歩きにくかったけれど、『豊穣の家』があるのは迷宮都市の外れ、砂漠は目と鼻の先だ。

「うわあ！」

砂防林を抜けた幼な子たちが歓声を上げる。目の前には夢のような光景が広がっていた。緑の絨毯《れん》に覆われた足下にもう砂は見えない。どこから来たのか蝶がひらひらと飛び交う下には可《か》憐な花々が咲き乱れている。

弟たちがアニクをだっこしたまま立ち尽くすシュリアを追い抜き、次々に花畑へと飛び込んでいった。空気がかぐわしいのは花の香《か》が交じっているからだろうか。

くぅも何か感じ入るものがあるのか、シュリアの足元で神妙にお座りしている。

——なんか、すげーな。

世の中のことは大体わかったつもりでいた。

シュリアは孤児だ。だから普通の子供と違って自分のことは何でも自分でしなければならなかったし、弟の面倒も見させられた。じいじが死んだ時には北のイシ領からアブーワまで旅したし、今では探索者《シーカー》として活躍している。ただ年を重ねてきただけのその辺の大人とは、経験も度胸も比べものにならない。

でも、今、シュリアは自分のことをとてもちっぽけな存在だと感じている。

だってこんな綺麗なもの見たことない。昨日の嵐も凄かった。

立て続けに心をぐわんぐわん揺さぶられて、シュリアは気づいてしまったのだ。

シュリアが思っていたよりもこの世界はずっと力に満ちていて美しく、まだまだシュリアの知らない美しいものや雄大な景色が存在しているのかもしれないと。

もっと色んなものを見たい。色んなことを知りたい。

「にーた、ひらひら」

腕の中のアニクが飛んできた蝶に向かって手を伸ばし、笑う。

「ん。ひらひら、きれーだな」

シュリアはアニクを下ろしてやると、手を繋いで皆が転げ回って遊んでいる花畑の中へと歩きだした。

◇　◇　◇

朝だ。

シシィはベッドの中、大きく伸びをした。ようやく発情期が終わったらしい。桃色の靄《もや》が掛かっているようだった頭はすっきりしているし、重怠《おもだる》かった躯も軽く気分爽快《そうかい》だ。

起き上がると、外を眺めていたヴィハーンが近づいてきて、身を屈めた。軽く唇がついばまれる。

「おはよう」

「おはようございます」

キスを返し、ヴィハーンの姿を見たシシィは表情を曇らせた。ヴィハーンが既にきちんと服を着込んでいたからだ。

「どこか行くんですか？」

「街の様子を見てくる」

三日前の嵐の被害が気になるのだろう。

ヴィハーンは公爵で領主だ。街の様子を気にするのは当然だし責務でもある。わかっているのにシシィは淋しくなってしまった。

「そう、ですか」

「そんな顔をするな。夜にはまた戻る」

「でも、お姫さまが」

「あんな女、どうでもいい。わかっているのだろう？　俺が愛しているのはおまえだけだ。――ヴィヴィアン」

艶のある低い声に魂の奥底まで揺すぶられる。もう一度キスされたのと同時にしっぽで手の甲を撫でられ、シシィはぶるっと震えた。

嘘みたいだ。熱の籠もった声も隙あらば触れようとするところも以前のヴィハーンそのままなのに、何も覚えていないなんて。

今こうしている記憶もダーシャが何かしたらまた消えてしまうのかもしれないと思うと途轍《とてつ》もなく貴重なもののように思えて、シシィはヴィハーンのしっぽを握り返した。でも、黒いしっぽは痛くないよう緩く握った拳からするりと逃げていってしまって。

「――これ以上は別れがたくなりそうだ。もう行く」

ヴィハーンが屈めていた躯を伸ばす。

「見送ります」

ベッドを出たシシィは大急ぎでシャツに袖を通し下着を探した。ふらつきながら部屋着用のゆったりとしたズボンを穿《は》いたところで、ヴィハーンが目を細め自分を見ていることに気がつく。

「何か変ですか？」

「いや、改めて噛み締めていた」

「？　何を？」

臍の下で紐《ひも》を結びつつ問うと、ヴィハーンが小さく笑った。

「幸せとか愛しさとか、そういうやつだ」

シシィは俯き頬を染めた。

そんなことを言われたらシシィだって噛み締めざるを得ない。ヴィハーンへの気持ちを。好き。この人の子供なら、どんなに苦しくたって何人だって産みたい。少なくとも、やっぱり女オメガとつがえばよかったなんて後悔させないくらいは絶対産む。

寝室を出ると、鍛錬する弟たちの声が外から聞こえてきた。朝の挨拶をしようと扉を押し開けたシシィは息を呑む。いつもとはまるで違う色鮮やかな景色が広がっていたからだ。

「えっ、お花……？」

鍛錬していた弟たちが武器を下ろし、わらわらと集まってきた。

「ししー、おはよー。らーじゃも、おはよー」

「おはな、きのーはもっとすごかったんらよ？」

「かーた！」

座り込んで草を毟っていたアニクもシシィを見るなりよたよたと立ち上がり両手を伸ばした。抱っこして欲しいのだ。

くぅはじいっと町の方を見ている。

「らーじゃ、もうかえんのか？」

白いしっぽをゆらゆらさせながら近づいてきたシュリアに問われたヴィハーンが顎を引いた。

「ああ。やらなければならないことが色々とあるからな。留守の間、シシィとアニクを頼めるか？」

「まかせとけ」

ヴィハーンは小さな胸を拳で叩いて見せたシュリアに僅かに表情を緩めると、シシィが抱き上げたアニクの頭にキスした。

「アニクもいい子にしているんだぞ」

「ぷう」

くすぐったそうに首を竦めたアニクの笑顔に、シシィはとても幸せな気持ちになる。

「行ってくる」

最後にシシィの頬をするりと撫で、ヴィハーンが歩きだす。遠ざかってゆく長躯を未練がましく見つめていると、耳を寝かせたシュリアが抱きついてきた。

「らーじゃ、あんがいいつもとかわんねーな」

「そうだね。さっきも――」

シシィは宙を見つめた。何かが引っかかった。

――さっきも？

そうだ、さっきもシシィは思った。同じだと。

そう感じること自体は不思議ではない。記憶がなくなったところでヴィハーンという人間自体は変わらないからだ。

行為の最中、汗で湿った長い髪を鬱陶しそうに後ろへと払う仕草や、キスの仕方、佳境に入るとしっぽの毛を逆立たせる癖。

でも、さっきのは違う。

「ん？　なにいーかけたんだ？」

「とちゅーでやめんのだめー。きになっちゃうでしょー、ししー」

焦れた弟たちに躯を揺すられ、シシィはこくりと唾を飲み込む。

「あの人、僕をヴィヴィアンって呼んだ」

その意味するところを真っ先に理解したのはオムだ。

「ししー、らーじゃにほんとのなまえ、おしえた？」

「教えたよ。記憶喪失前だけど」

幼な子たちの目が輝く。

「そいえば、らーじゃ、あにくのこともなまえでよんでたっ」

「らーじゃ、きおく、もどってない⁉」

そうだ。そうでなければ、ヴィヴィアンなんて呼ぶわけない。

ぶわっと躯が熱くなったけれど、シシィは努めて冷静さを保とうとした。

「そう、かな？　でも、ヴィハーン、何も言ってなかったし……」

「らーじゃ、あらしのなか、わざわざししーのとこ、きた。おぼえてなかったら、そこまですゆ？」

「あにくにもちゅーしてた！」

でも、すっかり興奮した弟たちに口々に絶対そうだと言われたら冷静さなど保てるわけがない。

シシィの中に、二人で積み上げてきた思い出が溢れだす。

初めてフィンリーの食堂で会った時、質《たち》の悪い探索者《シーカー》たちから助けてくれたこと、初心者を押しつけられてさぞかし腹立たしかっただろうに迷宮《ダンジョン》について教えてくれ、攻略まで経験させてくれたこと、大爪蟹《ジャイアントクラブ》に殺されるところだった自分を一度ならず二度までも救ってくれたこと――。

記憶なんかなくたって大丈夫。運命のつがいなのだからヴィハーンとの絆は変わらない。

そう、シシィは思っていた。ううん、思おうとしていた。でも、大丈夫なわけがなかった。ヴィハーンとの思い出はどれもかけがえのない宝物で、今のシシィをなす一部で。

――魂の、欠片だ――…。

空が鳴る。

渡る風に交じる無数の綿毛は砂漠の花が実を結んだ証しだ。

「なあに、くぅ」

嬉しさのあまり酔ったような気分でいたシシィはズボンの裾を引っ張られて足元を見下ろし、目を瞠った。

「……くぅ？　おっきくなってない？」

気のせいじゃない。見ている間にもくぅは普通の砂漠狐《デザートフォックス》サイズから犬、馬を超えて膨らんでゆく。遂にはちょっとした小屋くらいの大きさになったくぅの翼が落とす影の中に、シシィはすっぽり収まってしまった。

凄い、この子、こんなに大きくなれたんだなんて暢気に思っていたら、もふもふに顔がぽふんと埋まる。艶やかな毛並みが気持ちいい。

「くぅ？　ちょっと放してくれる？」

背中に前肢が回っていることに気がついたシシィは抜け出そうとして眉を顰めた。

あれ？　出られない？

それどころか、ばさばさという翼の音がする。このふわりと躯が浮き上がるような感覚はどういうことだろう？

「くぅ⁉」

躯を捩るようにして下を見たシシィは青褪めた。地面が見る間に遠ざかっていく。信じられないことにシシィはアニクごとくぅに抱えられ、空を飛んでいた。

どうやらアブーワの中心部へ向かっているらしく、青い立方体に囲まれた『門《ゲート》』が近づいてくる。

いつもは起動させていないはずの結界《青結界》の中にあるのは魔物の姿ではなかろうか。

何で？　何であんなところに魔物がいるの？　まさかまた暴走《スタンピード》……⁉

シシィたちは落ちるように『門《ゲート》』へと突っ込んでゆく。

◆　◆　◆

アブーワの外れにある『豊穣の家』から街の中心部へと向かいつつ、ヴィハーンは眉を顰めた。

街は酷い有り様だった。

泥水は通りを荒らしただけでなく、家々の中まで蹂躙《じゅうりん》したらしい。調度類を運び出して泥を洗い流している人々の姿があちこちで見られる。流されてきたらしい大きな石で壁に穴が空いている家もあった。おまけに。

「暴走だ！　戦える者は武装して『門』へ向かえ！」

守護機関の職員が大声で叫びながら馬で駆け抜けていくのを見たヴィハーンは迷宮に急いだ。

門前広場では既に魔物との乱戦が繰り広げられていた。

「ジュール！」

光の玉を放ち、まだ若い探索者に襲いかかろうとしていた魔物を吹き飛ばしたエルフが振り返る。

「ヴィハーンか！」

「被害状況は」

「悪くない。気がついた職員が結界を起動してくれたし、ランカーが次々に駆けつけて出てきた魔物を駆除して回ってくれている。もう西門の外に香も設置した。発情期を終えたばかりのオメガたちが心配だったが、どうやら香のにおいは魔物たちにとって本物のオメガより魅力的らしい。問題なくおびき寄せられてくれているようだ」

前回の暴走で要領は摑んでいるし、主だったランカーは大迷宮攻略作戦に加わるためアブーワを離れていない。嵐のせいで誰も迷宮に潜っておらず、魔物が上がってきているのに気づくのが遅れたものの、しっかり対処できているようだ。

「住民を避難させる必要はなさそうだな。ジュールは下がってだぶついた戦力を整理し、各パーティーへ実力に見合った魔物を割り当てるようにしろ」

「わかっ――」

返事をしかけたジュールの眉間に皺が寄った。

「何だ?」

「ヴィハーン、記憶が戻ったのか?」

ヴィハーンは眉を上げた。意味ありげな笑みが口元に刻まれる。

「ヴィハーン……っ」

更に問いかけようとしたジュールが弾かれたように振り返った。上等なグラスを落として割ったのにも似た涼やかな音が上がったのだ。

門へと目を向けると青い結界《立方体》が粉々に砕け散ってゆくところだった。結界を破壊した巨大な黒い影が、一斉に門前広場に溢れ出そうとする魔物たちの流れに逆らい迷宮へ入っていく。不思議に思ったものの解き放たれた魔物への対処が先だ。ヴィハーンは収納の魔法具から愛剣を取り出し、構えた。いざ行かんとした時、聞こえてきた舌足らずな声に剣先がぶれる。

「らーじゃ!」

「シュリアか。なぜここにいる。シシィとアニクの護衛はどうした」

シシィは発情期明けで消耗している。他のちびどもと一緒に『豊穣の家』にいるのだろうと思いつつも一応問うと、ヴィハーンの前まで来たシュリアは気まずそうに目を逸らした。

「わるい、らーじゃ。ふたりともさらわれちまった」

「――何だと?」

二人が、攫われた？

全身の血が引いていくような感覚に襲われ、ヴィハーンは息を詰めた。

周囲にいた探索者や魔物が一斉に飛び退く。だが、シシィの弟たちは魔物をも脅えさせるヴィハーンの威圧を感じてもいないようだ。

「いまさっきだんじょんにはいってった、でっかいくろいの、みたか？　あれな、くぅだ。あにくになついてた、まもの。ちっこかったのにでっかくなって、いきなりしし—とあにくを——」

ヴィハーンは弾かれたように迷宮の入り口を振り返った。さっき確かに見た。そこに黒い魔物が入っていくのを。あいつは、拉致したシシィとアニクを抱えていたのか？　すぐ傍にいたのに、俺は気づきもせず彼らを行かせた？

「シシィ！」

迷宮の入り口へと走る。次々に襲いかかってきた魔物たちはあっという間に切り刻まれ肉片と化した。入り口まではすぐに辿り着くことができたが、迷宮に入ることはできなかった。外へ出てこようとする魔物が中で押しあいへしあいしていたからだ。

「くそ、どけ……っ！」

ヴィハーンは剣を突き立て、抉り、魔法を放った。斃した魔物の骸《むくろ》を退かし、次から次へと出てくる魔物を殺して、殺して、殺す。

だが、その日、ヴィハーンは、シシィを救出するどころか迷宮に入ることさえ叶わなかった。

◆　◆　◆

暴走《スタンピード》の損害は軽微で済みそうだった。最初に湧出《ゆうしゅつ》した分を片づければ、後は迷宮《ダンジョン》の入り口を通り抜けてきた魔物を端から狩ってゆけばよかったからだ。

「ヴィハーン」

暴走が終わるまで迷宮には入れない。ここは俺たちが引き受ける、少し休めとランカーたちによって迷宮から引き剝がされたヴィハーンは時間を無駄にしなかった。

——ジュール！　迷宮内に昇降機を増設する計画はどうなっている。

シシィとアニクを攫った黒い魔物をヴィハーンは迷宮で見たことがない。シュリアたちの話では意思疎通できるほど知能が高かったという。ということはあれは相当深層に棲息する魔物だ。

——もう準備は整っている。第四十五階層まですぐにでも設置できるぞ。

とはいえまっすぐ深層に戻ったとは限らない。迷宮に入れるようになったら、全階層を虱潰《しらみつぶ》しにすべきだろう。一人ではとても無理だが、幸運なことにヴィハーンには権力がある。

——暴走が終了し次第、シシィとアニクの捜索を開始する。アブーワにいる全パーティーにこのことを通達しろ。担当階層の割り振りはジュールに任せる。

何階層にいるのかわからない以上、どれだけの期間潜らなくてはいけないかもわからない。留守の間のことも考えておかねばならない。

頭の中でこれからするべきことを整理し、ヴィハーンはダーシャに見つからないようこっそり屋敷へ戻った。夜も更けているというのに執務室で嵐の後始末にあたっていた父とルドラは、ヴィハーンが姿を現すと、幽霊でも見たかのような顔をした。

――ヴィハーン、なぜここに。姫のところには――。

――あんな女、どうでもいい。

ヴィハーンは乱暴にソファに座ると、長い足を組んだ。二人の目の下には濃い隈が浮いている。自分も酷い顔をしているに違いない。

――その……シシィとアニクが魔物に攫われたというのは本当なのか？

恐る恐る聞いてくる父にヴィハーンは頷いた。

――準備が整い次第、迷宮に突入し、奪還にかかる。父上、捜索に集中するため公爵位を返上させていただきたい。

今の自分に、嵐の後始末や王女の接待に割《さ》く時間はない。ヴィハーンにとって大事なのは、アブーワよりもシシィとアニクだ。

幸いアブーワには父とルドラがいる。ヴィハーンがいなくても問題ない。

あとは――。

「ヴィハーン！」

肩を揺さぶられ、意識が急速に覚醒した。反射的に誰のものかも知れない手を押しのけて何度か目を瞬かせ、ヴィハーンは守護機関の事務室で仮眠を取っていたことを思い出す。起こされたということは、暴走が終わったのだろうか。腹筋だけで上半身を起こすと、ジュールの姿が目に入った。何があったのか、作り物のように整った顔を顰めている。どうしたと問うより早く甲高い声で名前を呼ばれ、ヴィハーンは状況を理解した。

「ヴィハーンさまっ！」

「ダーシャ姫……」

「わたくしが誰よりあなたを必要としていた時に、一体どこで何をしていらしたの？」

ダーシャは怒りに震えていた。随従する侍女や護衛騎士たちも殺気立っている。

胸元をくつろげたシャツに腰布だけという姿のヴィハーンは長椅子の上で胡座《あぐら》を掻くと、寝乱れた髪を掻き上げた。

「魔の月が満ちようとしていたから、屋敷を離れていた。俺はアルファでおまえはオメガ、屋敷にいたら大切な客人相手に間違いを犯しかねない。当然の配慮だと思うが？」

むしろ不幸な事故を起こしたかったダーシャが感情を爆発させる。

「客人なんかじゃないわ。わたくしはヴィハーンさまの婚約者。いずれ結ばれる身だって言ったでしょう⁉　陛下だってわたくしを癒やすためだったと知れば——」

「婚約者？　おまえが？」

ダーシャのしっぽの毛が逆立った。

「ヴィハーンさま……？」

ヴィハーンは酷薄な笑みを浮かべる。ふざけるなと言ってやったらこの女はどんな顔をするだろう？　だが、相手は王族。丁重に扱わねば逆に足をすくわれかねない。

「ああ、失礼。少し寝ぼけていたようだ。姫も知っている通り、俺はアブーワ公爵で敵も多い。醜聞を起こし彼らにつけ入る隙を与えるわけにはいかないのは、王女であるダーシャさまならばご理解いただけることと思うが？」

「それは……」

適当に話を合わせると、ダーシャは眉を顰めた。ヴィハーンを言い負かすことができなくて苛《いら》ついている。

「ヴィハーンさまのお考えはわかりましたけれど、一言もなく消えるなんて酷いわ。わたくし、とても淋しかったんですのよ」

「そうか」

冷淡な相槌《あいづち》を打っただけで、ヴィハーンは立ち上がった。

「お屋敷に帰りましょう？　嵐の間、どこにいらしたのかお聞きしたいわ……って何をなさってるんですか、ヴィハーンさま！」

ヴィハーンが収納の魔法具から探索用の服や装備を取り出し服を脱ぎ始めると、ダーシャは顔を真っ赤にして後ろを向いた。

「この格好では迷宮に入れない。探索用の服に着替える」

シシィとアニクが魔物に攫われたことはもう聞いていたらしい。ダーシャが肩越しに探るような視線を向けてくる。

「迷宮？　何のためにそんなところへ行かれるの？」

「もちろん、運命のつがいと息子を取り戻すためだ」

ダーシャたち一行は明らかな動揺を見せた。

「運命のつがいですって!?」

「まさかヴィハーンさま、記憶が……⁉」

ヴィハーンは何食わぬ顔で攪乱《かくらん》する。

「記憶？　何の話だ？」

「えっ⁉」

ヴィハーンが思い出しているのかいないのか判断できず、ダーシャたちは混乱した。その間にヴィハーンはシャツを脱ぎ捨て、腰布に手を掛ける。侍女たちから黄色い悲鳴が上がったが、その視線はヴィハーンの貴族とは思えないほど野性味のある肉体に釘《くぎ》づけだ。

「と、とにかく、ヴィハーンさまを迷宮なんて危険な場所に行かせるわけにはいきません。何をしているの、あなたたち。ヴィハーンさまを止めなさい」

「はっ」

護衛騎士たちの手がヴィハーンへと伸びる。

ヴィハーンが着替えの手を止め、彼らを見た。

うっと呻《うめ》いたのは誰だろう。

護衛騎士たちがしっぽを膨らませて後退《あとずさ》る。ジュールも顔を顰め、壁に手を突いた。ダーシャは何とか堪えてのけたが、侍女たちの中には失神して倒れた者もいるようだ。

「ヴィハーン、やめろ。職員にはオメガもいるんだ。アルファでも君に威圧されたら役に立たなくなる」

「ああ、すまない。そんなつもりはなかった」

心にもない台詞《せりふ》を口にしながらヴィハーンは黒い装束を身につけ防具を装備した。長い外套を羽織ったところでダーシャがヴィハーンの前に立ちはだかる。

「ヴィハーンさま。わたくしが駄目って言っているのに迷宮に行く気ですの……？」

ヴィハーンは黙ってダーシャを見返した。

「きっと無駄足になりますわ。二人が魔物に攫われたのは三日も前の話なのでしょう？　もう生きていないに決まってます。あなたたちもそう思うでしょう？」

護衛騎士や侍女たちが頷く。その瞬間、ヴィハーンは胃の腑《ふ》が灼《や》けるような怒りを覚えた。

王女であろうがかまわない。殺してやろうかと思うがやめる。

シシィはきっとそんなことを望まないと思ったからだ。

小さく息を吐くと、ヴィハーンは長年使ってきたため、いささかくたびれてきた黒い布を取り出して頭に巻いた。貴族らしからぬ野卑《やひ》な装いに護衛騎士たちの目に蔑《さげす》むような色が浮かんだが、気にせず黒い砂除けの布で口元を覆い、外套の頭巾《フード》をかぶる。

ヴィハーンが迷宮で身につけるものは黒、黒、黒で見るからに禍々しい。おまけにヴィハーンは背が高い。黙って立っているだけでも威圧的だ。

ダーシャもヴィハーンの姿に気圧《けお》されたようだったが、部屋を出ようと歩きだすと、果敢に後を追ってきた。

「ヴィハーンさま、どうしても行くと言うなら、わたくしも参ります」

第四王女に怪我をさせたら連れていった者の首が飛ぶ。こう言えば迷宮行きを断念すると思ったのだろうが、ヴィハーンにそんな脅しは通用しない。

「好きにしろ」

まったく動じず事務所を出てゆくヴィハーンにダーシャたちは唖然としたが、すぐムキになって追ってきた。侍女や護衛騎士もぞろぞろついてくる。

『門』の前にはランカーたちがたむろしていた。

「おせーぞ、ラージャ。なァにやってたんだよ！」

「暴走は終わったみたいだ。魔物の密度が目に見えて下がっている。いつでも行けるぞ」

ダーシャに気づいたランカーの一人がはしゃいだ声を上げた。

「なあ、そこにいるの、もしかして王都から来たっつー姫さまか⁉」

ダーシャは探索者《シーカー》たちの馴れ馴れしい態度を見た瞬間から厭そうに顔を顰めていたが、厳つい男たちの視線が集中すると、もはや嫌悪感を取り繕おうともせず護衛騎士の後ろに隠れた。

「誰であろうとかまう必要はない。行くぞ」

ランカーたちがぎょっとする。

「えっ、お姫さんも中に入るのか⁉」

「まだ深層の魔物がいるかもしれないんだぞ？　そのやたら綺麗なおにーちゃんたちは迷宮に潜ったこともないんだろう？」

侮辱されたと思ったのだろう。護衛騎士たちが猛った。

「ないからどうした。我らは王女の護衛を任された精鋭、魔物くらいものの数ではない！」

「では、姫の守りは任せた」

これ幸いとばかりに王女のお守《も》りを押しつけたラージャにランカーたちは驚愕する。

「ラージャ⁉」

人としか戦ったことのない騎士では深層の魔物に太刀打ちできない。騎士たちは絶対認めないだろうが、探索者間では常識だ。

「おっ、おい、いいのかよ、ラージャ」

「……王女の護衛を任されているくらいだ、俺たちのお守《も》りなど不要だろう」

ヴィハーンに煽られ、護衛騎士は鼻息荒く断言する。

「お守りなどいるわけないだろう。姫のことも我らが守ってみせる！」

シンがヴィハーンの肩に手を掛け声を落とした。

「ラージャ、もしかしておまえお姫さんのこと、無茶苦茶怒ってる……？」

ヴィハーンは頬に力を入れ、口角を引き上げた。笑顔を作ったつもりなのに、探索者たちが青褪める。

「ど……どーすんだ、これ……」

「どうするつったって、俺たちにラージャを止められるわけねーだろ……」

破壊されたカウンターの間を通り抜け、地面に空いた大穴のような入り口から迷宮の中を見下ろす。壁に穿《うが》たれた階段はあちこち崩れているが使えそうだ。

……気にくわない連中だが、死なれたらまずいか。

ヴィハーンは階段を使わず穴の底へと飛び降りた。

「ヴィハーンさま！」

ダーシャが慌てて穴の縁から顔を覗かせる。ヴィハーンは早く来いと手で合図し、魔物の気配を探った。

いる。

そう遠くないところに、第一階層にいるはずのない魔物たちが。もうこちらに気づいて、向かってきつつある。

ヴィハーンは剣を抜いた。ダーシャや護衛騎士たちはまだ恐る恐る階段を下りてくる途中だ。長く伸びた列は、横から急襲を受けたらひとたまりもないだろう。

「来た」

横穴から飛び出してきたウサギほどの大きさの獣を、ヴィハーンはひとまず剣の腹で叩き落とした。地面を転がったそれはすぐ跳ね起き、ぎぃと不快な鳴き声を上げる。

「さて、腕のほどを見せてもらおうか」

ヴィハーンに挑発され、護衛騎士たちは剣を抜いて残りの段を飛び降りた。

「そいつァ第五階層の魔物だぜ。ちゃっちゃとやっつけろよ」

「おいおい何だあ、そのへっぴり腰は。そんなんでお姫さんを守れんのかあ？」

穴の上からランカーたちが野次を飛ばす。護衛騎士はやっきになって斬りかかったが、魔物の方が倍も素早い。一匹目を倒せないうちに二匹目、三匹目が現れ、騎士たちは翻弄《ほんろう》された。

大の男が小さな魔物を必死になって追いかける姿は無様の一言だ。ダーシャもそう思ったのだろう。顔を顰めている。

八人がかりで囲い込むことによって、何とか三匹の小型の魔物は倒せた。汗だくになった護衛騎士たちは快哉を叫んだが、上で見物していた探索者たちの視線はなまあたたかい。ランカーになろうとしたらこの程度の魔物など一人で瞬殺できなければ話にならないからだ。

無表情に護衛騎士たちの活躍ぶりを見ていたヴィハーンが耳を立て、一番大きい横穴を見た。

「次が来るぞ」

「え、何が……」

そう尋ねかけた侍女の口がぽかんと開いた。暗がりから馬車ほどもある蜘蛛《くも》が現れたからだ。

女たちが金切り声を上げ、壁に張りつく。小さな魔物にすら振り回されていた護衛騎士たちは呆然と巨躯を見上げるばかりだ。一人が勇気を振り絞り斬りかかったが、あっさり振り払われ、壁に叩きつけられた。

「かはっ」

護衛騎士たちは仲間を助けるどころか立ち竦んでいる。仕方がないと、ヴィハーンは再び肢を振り上げた蜘蛛の前に出た。

ぎいんという音と共に、切断された蜘蛛の肢が宙を舞う。血が撒き散らされ、女たちが再び悲鳴を上げた。

ヴィハーンが嘲《あざけ》る。

「姫のことは、我らで守ってみせる、か。お守りはいらないのではなかったのか？」

護衛騎士たちは言い返せない。剣を軽く振って血糊を飛ばすと、ヴィハーンは蜘蛛目掛け走った。跳躍し、思いきり叩きつけた愛剣はだが、金属でも叩いたかのような音と共に弾き返される。

砂除けの布に隠されたヴィハーンの口元に笑みが浮かんだ。

強化魔法か。中層以下の魔物はさすがに戦い甲斐《がい》がある。

ヴィハーンは続けざまに斬撃を叩き込んだ。凄まじい猛攻にダーシャどころか護衛騎士たちまでなってしまうと、動かなくなるのだ。

　やがて、攻撃を受け止めていた蜘蛛の肢にヒビが入り始めた。ヴィハーンの攻撃に耐えきれなく

なったのだ。

　――なるほど。

　噛みつこうとする蜘蛛の頭を素早く避けたついでに横穴から新たに現れた小型の魔物の首を落とし、ヴィハーンは改めて蜘蛛に襲いかかる。数多の経験と自信に裏打ちされたヴィハーンの動きはしなやかで美しく、護衛騎士たちとは別の生き物のようだ。

「――ふっ」

　剣を叩きつけられ、ヒビが入っていた肢が砕ける。

　守りのなくなったでっぷりとした腹を、ここぞとばかりに滅多刺しにすると、極彩色の内臓がどぷんと溢れ出てきた。凄まじい悪臭に鼻が曲がりそうになったが、どうやら息の根を止めることができたらしい。蜘蛛の体液まみれになったヴィハーンが砂除けの布を引き下ろし振り返ると――なぜかダーシャたちが悲鳴を上げて逃げ出した。

「姫っ、お待ちくださいっ」

「姫⁉」

　首を傾げ、ひとまず階段を上ると、見物していたランカーたちがゲラゲラ笑っている。

「何がおかしい」

「いや、王都から来た連中は神経が細いと思ってな」

「助けてやったのに逃げていくなんて失礼な連中だ」

「いやあれは怖いだろ。喜々として蜘蛛を惨殺《ざんさつ》した後振り返ったラージャを見た瞬間、死に神かよと俺でも思ったもん」

――？　よくわからないが、あの連中を追い払えたならいい。

水石《アクアロック》を取り出し頭巾の上に掲げて砕くと、落ちてきた水が外套についた蜘蛛の体液を洗い流した。

「上層用の昇降機が使えるか確認してくる。大丈夫なようなら捜索開始だ」

淡々と告げられた指示にランカーたちが力強く頷く。

「了解」

きっと無駄足になりますわというダーシャの声がふっと耳の奥に聞こえたが無視する。代わりにヴィハーンは待っていろと心の中で強く念じた。

必ず見つける。どんな手を使っても取り戻す。だからおまえも――負けないでくれと。

◇　◇　◇

「うう、くらくらする……」

地面に下ろされたシシィはそのままへたへたと座り込み、抱えていたアニクを下ろした。今はきょとんとしているが、アニクの顔は涙と鼻水でべたべただ。移動が終わるまで一度もおむつを替えてもらえなかったせいだ。

アニクが二度も昼寝したほど長い時間、シシィたちはくぅに抱えられていた。くぅの飛翔速度は随分と早かったし、途中何度か崩落箇所を飛び降りて近道をしたようだったから、どれだけ遠くへ来てしまったのか想像もつかない。

「僕、どこに連れてこられたんだろ……？」

辺りを見回したシシィは目を擦った。シシィがいるのは小ぶりの湖ほどもある広大な空間のほぼ中央部だった。壁や床には太い血管のようなものが走っている。すぐ傍には心臓と同じリズムで明滅を繰り返す巨大な水晶があった。

「迷宮石……！」

この水晶があるということは、ここは迷宮《ダンジョン》の最下層、シシィがヴィハーンと目指していた地なのだ。

「できれば自分の力でここまで来たかったけど……とりあえず迷宮石を破壊しておこうかな……？」

この水晶を壊すか引き抜くかすればアブーワ大迷宮は死に、十年もすれば魔物も湧かなくなる。貴重な素材は獲れなくなるけれど、また暴走《スタンピード》が起こって地上が魔物に蹂躙されるよりよっぽどましだ。準備に手間暇掛けていただけに、こんな成り行きで目的を達成するのは少し残念だったが、この場合は道のりより結果が大事。片をつけてしまおうと、シシィは空間魔法でしまってあった槌矛《メイス》を取り出し構えたのだけど。

「ん？　壊しちゃ駄目なの……？」

くぅが大慌てで迷宮石に覆いかぶさり隠してしまった。

大汗を掻いて焦っているくぅを眺め、シシィは考える。

くぅをどうやってどかそう。アニクはこの魔物が大好きだから、あまり乱暴なことをしたくない。

「……別に急がなくてもいっか」

くぅが迷宮石から離れるのを待ってどうにかすればいい。それよりアニクだ。

シシィは拍動するやわらかな地面に敷物を広げると、どろどろになっていたアニクのおむつを取り替えてやった。それからあたたかなミルクを飲ませる。よっぽどお腹が空いていたのか、アニクは両手でしっかりカップを持つと、んっくんっくと飲み干した。シシィが続いて取り出した潰した芋も匙で口に運んでもらうまで待てず、鷲掴みにして頬張る。おかげで芋は零れるし、口元もべたべただ。

「そんなに急いだら喉が詰まっちゃうよ」

もう一杯ミルクを出して一旦敷物の上に置き、アニクの口元を拭いてやろうとして、シシィはこら、と声を上げた。いつの間にか小さくなったくぅが床に置いたカップに鼻を突っ込もうとしていたからだ。

「誘拐犯がミルクを貰えると思ったら大間違いだよ」

首根っこを摘まみ上げられたくぅはきゅんと鳴き、可愛らしく首を傾げる。

「可愛い子ぶっても無駄だからね」

お腹がいっぱいになると、アニクは舟を漕《こ》ぎ始めた。シシィは毛布を敷いた大ぶりの籠を出し、中にアニクを寝かせてやる。それから自分も食事を始めた。魔法の空間の中には湯気の立つ煮込み料理がたくさん収納《ストック》してあるのだ。

充分食べると、シシィも毛布を引っ張り出した。発情期《ヒート》が明けたばかりな上、長時間緊張を強《し》いられたせいでくたくただ。横になろうとすると、視界が黒いもふもふに覆われる。くぅが大きくなり、シシィを囲むように丸くなったのだ。

「こんなんで僕の機嫌を取ろうとしたって無駄なんだからね？」

つんけんと言ってみるが、くぅの毛並みはふかふかであったかい。おまけに押しのけようとすれば鼻先を寄せてきて、きゅうんと哀れっぽい声を出す。

まずいなあ。くぅがあざと可愛いせいで、しでかした悪事にふさわしい怒りを抱くことができない。うっかりすると『豊穣の家』にいた時のように頭を撫でてしまいそうだ。

「うーん……とりあえず、アニクが危険に晒されないならいいけど……」

睡魔に負け、シシィはアニクの眠る籠を抱えるようにして身を横たえる。あっという間に眠りの世界に連れていかれたシシィは、気がつくと明滅する水晶があるだけの荘厳なほど広大な空間にいた。

◆　◆　◆

誰かが呼んでいる。

誰だろう？

夢の中のシシィは吸い寄せられるように水晶へと手を伸ばし、そして——。

「第一階層の捜索開始！」

「おー！」

掛け声と同時に若手探索者《シーカー》たちが散ってゆく。各パーティーには必ず一人腰に石版と結界石をベルトにつけている者がいた。石版は魔法具で、所持者の位置を守護機関《キーパーズ》の事務所に設置された地図に記録するという機能がある。メッセージを送ることも出来るから、もしシシィたちを発見したらすぐ事務所を介して皆に知らせることができるし、強い魔物に遭遇してしまった場合は助けを呼ぶこともできる。結界石で障壁を張って時間を稼いでいれば各階層に配置されたランカーが駆けつけてくれることになっているから、戦闘能力の低い若手でも安心だ。

昇降機で各階に五パーティーずつ送り込むと、ヴィハーンはシン率いる『比類なきいさおし』と共に第十五階層に降り、少し離れた場所にある小広場までの安全を確保した。

その間に昇降機は更に五パーティーの中堅探索者とガリたちドワーフ、そして魔法使いらしいエルフを運んでくる。

これからここに第三十階層まで降りられる昇降機を造る。出来上がったら第四十五階層までのものもだ。

「おお、ラージャ！　準備はできてるかァ⁉」

豪快な声で呼びかけられ、ヴィハーンは僅かに顎を引いた。

「ああ。ガリ、頼む」

「それじゃあ行くぞ！」

エルフが前に進み出て、地面に手を突く。男たちが注視する中、広間に魔力が漲《みなぎ》り始めた。

足下の小石がかたかたと震える。魔力濃度がこれ以上ないくらい高まった瞬間、くぐもった音と共にエルフの前の地面に大きな穴が開《あ》いた。

「うおおおお、やりやがった！」

「マジで魔法で階層を貫けんのか！」

一撃で魔力を使い果たしてしまったのだろう。膝を突いたエルフを『比類なきいさおし』のメンバーが地上に戻すため昇降機へと連れていく。ヴィハーンは剣を抜き、穴の中に飛び降りた。

目前に第十六階層が広がっている。

ヴィハーンたちの作戦は簡単だ。こうやって穴を開けてゆき、各階層に五パーティーずつ捜索に送り出す。第三十階層まで達したら、ドワーフたちが穴の中に昇降機を組み立てる。

上層と違って中層の魔物は強い。特に、開けた穴から最初に下りる者が一番危険に晒される。

「ラージャ！　てめ、何やってんだ！　露払《つゆはら》い役なんてやんなくていーっつったろーが！」

待ち構えていた魔物に一太刀《ひとたち》浴びせたヴィハーンの後ろにシンが飛び降りてきて喚《わめ》いたが、ヴィハーンは意に介さない。

「一番強い者が先陣を切るのは当たり前だろう」

舞うように剣を振るいながら淡々とあしらう。

「トップランカーだからって偉ぶんなっ。てめーはアブーワの領主なんだぞ？　危険な役目は他に任せろ」

「爵位は父上に返上した」

シンは目を剝いた。

「何ぃ！」

「それに今回の探索はアブーワのためではない。私事《わたくしごと》――俺の我が儘だからな。これくらい、させろ」

別に変なことを言ったつもりなどないのに、なぜだろう、顔を真っ赤にしたシンに怒鳴られる。

「……くそが。ラージャのくせに殊勝なこと、言ってんじゃねー！」

ドワーフたちが瓦礫を片づけると、次の魔法使いが降りてきて、穴に降り、更に下の階層へと繋がる穴を開けた。立てなくなった魔法使いが運ばれてゆくとまたヴィハーンが次の階層の安全を確保し、五パーティーを捜索に送り出す。

予定通り第三十階層まで達するとドワーフが手を翳した。次の瞬間穴の上に、地上で組み立てられ収納の魔法具に納められていた巻き上げ機《ウィンチ》が設置される。魔物の素材を編んで作ったロープが巻き上げ機から落とされると、別のドワーフが穴の底に出した籠に結びつけた。

ここまで半日もかかっていない。縦穴の強化など、まだやることはあるが、とりあえずは使えるようになったということで、今度は第三十階層から第四十五階層まで貫く昇降機に取り掛かる。完成すれば行くだけで半月かかっていた深層に、十分で行けるようになるはずだ。

夜のうちに昇降機は完成し、翌朝、門前広場に深層の探索に加わるランカーとそのパーティーが集結した。どこから話が漏れたのか、物見高い住民や若手探索者たちもいる。

「深層の魔物に攫われたシシィさまとアニクさまを領主さま自ら取り戻しに行くって本当かよ」

「さすがラージャ。お姫さまが輿入れするって話を聞いた時は、シシィさまをどうする気なんだろうと思ったけど、ここまでやるってことはラージャの本命はやっぱりシシィさまだったんだね」

「当たり前だろう？　領主さまとシシィさまは運命のつがいなんだ！　ああやってランカーたちを指揮していても、心配で胸が潰れそうな思いをしているに違いない。ああどうか、シシィさまもアニクさまもご無事でおられますように」

昨日は中層の捜索に加わっていたちびたちもやってきて列に加わると、見物人たちがどよめいた。

「おい、何だあのちびどもは。まさかあんなちっちゃい子も深層に行くわけじゃねえよな？」

「知らねえのか？　あの子たちも探索者だ。ラージャのパーティーメンバーで、前回の暴走の時にゃランカー顔負けの大活躍をしたらしい。街がほとんど壊されずに済んだのはあの子たちのおかげなんだとよ」

「……嘘だろう？」

「嘘じゃねえよ。あの子たちはラーヒズヤ卿の秘蔵っ子で、公爵家でも大事にされてんだ」

「なあ、じゃあ、あの、いかにも頼りなさそーなひょろっとしたのも探索者なのか……？」

噂話に興じていた男が、一行に近づいてきた騎馬を指さす。

ヴィハーンは砂除けの布に隠された口元を僅かに緩めた。馬には、シンに抱えられるようにして迷宮用の装備に身を固めたロニーが跨がっていた。

「連れてきたぜ」

「ご苦労」

「な、な、何なんですか、領主さま。何で僕にこんな格好をさせて、こんな場所に……っ」

面白そうにランカーたちが眺める中、ヴィハーンはロニーを馬から下ろす。

「シシィとアニクが魔物に攫われたのは知っているな？」

「それは……はい」

「今から二人を迎えに行くが、どれくらい深い階層にいるかわからない。場合によっては迷宮の中でまた発情期を迎えてしまうかもしれない。深層で魔物に集《たか》られたら全滅する恐れがある」

説明しながらヴィハーンはロニーの装備を検分する。真新しい胸当てや籠手《こて》は薄く軽いが青竜の鱗が溶かし込まれており、どんな攻撃にも耐えうる最上級品だ。髪には解毒の効果がある守り石が五つもつけられているし、羽織った外套は定番の砂蜥蜴《サンドリザード》、シャツも長靴《ブーツ》もランカーたちが羨《うらや》むようないい品で揃えてある。

「ロニー、おまえは先の暴走の際、シシィの周囲の空気を遮断してにおいが漏れないようにしたな？」

白金貨を三枚、収納の魔法具から出してシンに渡しつつ確認すると、ロニーの顔色が変わった。

「えっ、あ……っ」

「万が一の時に備え、おまえも一緒に来い」

空間魔法の使い手が作る結界は他の魔法使いや結界石の作る結界とは別物だ。見えない壁を作るのではなく、完全に空間ごと切り離す。破壊されたりにおいが漏れたりする心配がない。

「無理、です。僕は魔物と戦ったこともありません。弱いし、迷宮に入ったりしたら死んでしまいます」

「大丈夫だ。俺が守る。装備も最上のもので揃えた」

うんうんと見ていたランカーたちも頷いた。

「素人《しろうと》にゃもったいねえ代物だ。それだけ装備しときゃ、そうそう死なねー」

「勘弁してください、僕は探索者じゃないんです！」

涙目になって拒否しようとするロニーの足に、ちびたちの中でも一番小さいのが抱きついた。

「！」

「おにーしゃん。ししーとあにく、たすけてくりぇないの……？」

丸っこい耳をへたりと寝かせた幼な子にうるうると潤んだ瞳で見つめられ、ロニーが怯む。ヴィハーンがすかさず幼な子に話しかける体《てい》で追撃を加えた。

「シシィとアニクだけでは済まないぞ。ロニーが来なければ、おまえも兄弟たちも、ここにいる全員が死ぬかもしれない」

「や、やめてください。そんなの、僕のせいじゃ……」

ランカーたちも面白がって参戦した。

「こいつさ、先月結婚したばかりなんだよ。もし迷宮で死んだら、嫁が哀しむだろーなー」

「ラージャが白金貨三枚払ったの見てたか？　俺たちでも簡単には手が出ない装備揃えてもらっておいて、行かないはねーよな」

体格《ガタイ》のいいランカーたちに囲まれへたりと座り込んだロニーにシンがとどめを刺す。

「おまえ、シシィちゃんに目を掛けられてたんだろう？　それなのに見殺しにする気か？　アニクちゃんなんてまだ赤子なんだぞ？　可哀想だと思わねえのか？」

「うう……っ」

両手で顔を覆ってしまったロニーの肩に、ヴィハーンが手を置いた。

「ロニー。頼む」

頼むと言葉では言っているが、ヴィハーンにロニーを逃す気はない。だが、懇願《こんがん》するように語気をやわらげたヴィハーンに何か感じたのだろう、ロニーが言った。

「シ、シシィさまを助けるためですからね……っ。行きます、けど、絶対守ってくださいね？　僕、本当に弱いんですからね……⁉︎」

「任せろ」

力強く受けあうと、ちびどもがわらわらと集まってきてロニーに抱きつく。

「ありあとー！　ありあとー、おにーしゃん！」

「おれたちもおまえのこと、まもってやる。おーぶねにのったきでいろ」

さて、これで準備は整った。ヴィハーンは仲間たちを見渡す。

「行くぞ」

おう、という心強い声が青空にこだました。

◇　◇　◇

やわらかな重みで目が覚めた。

「ん、ん――……、アニク……？」

「かーた！」

目を開けると、お陽さまのような笑みを浮かべたアニクが胸の上に俯《うつぶ》せていた。可愛いけれど、ちょっと苦しい。

「アニク、いきなり飛び乗られたら、母さまびっくりして心臓が止まっちゃうよ」

起き上がろうと突いた肘《ひじ》が沈み込む。おやと思い見回すと、シシィが寝ていたのはくぅの腹の上だった。黒い毛がもふもふと密集していて気持ちがいい。あたたかくて、じっとしていたらまた寝てしまいそうだ。

「あしょぼ？」

「んー、その前に顔を洗って朝ごはんかな」

勢いをつけて転がって俯せになり、起き上がろうと手を突くと、くすぐったかったのか地面が震えた。ごろんと寝返りを打ったくぅの上から転がり落ちたシシィはとっさにアニクを抱え込む。

「わ……っ」

でも、そのまま転がったところで怪我をすることはなかっただろう。落とされた先の地面もやわらかかったからだ。

気持ち悪いなあ……。

シシィは生あたたかく拍動する地面の上に、巨大かつ硬い甲虫系魔物の上翅《じょうし》を出して置いた。その上に腰を下ろし、桶を取り出す。水石《アクアロック》を砕き、濯いだ布でアニクの顔や手を拭いてやってから、残った水で自分も顔を洗った。アニクは目を離したちょっとの隙に、小さくなったくぅと子狐の兄弟のようにじゃれあっている。

「アニク、ごはんだよ」

にぱっと笑ったアニクがよたよた戻ってきてぺたんと座ると、くぅも隣にお座りして期待に満ちた眼差しをシシィに向けた。

「くぅ……」

この魔物はアニクと一緒にごはんを食べるつもりなのだ。でも、怒っているシシィにごはんをわけてあげるつもりはない。

あたたかいミルク粥を取り出し、匙ですくう。

「はい、アニク、あーん」

「あー」

くぅもぱかんと口を開けたが、もちろんミルク粥を入れてやるのはアニクの口だけだ。

濃いミルクは甘い。アニクは喜んで食べてくれたけれど、三分の二ほど食べたところで、んっと口を結んでそっぽを向いた。

「アニク、もう一口。ね？」

差し出した匙が押し除けられ、ミルク粥が零れる。くぅが待ってましたとばかりに飛びついて食べた。

「もー！」

鼻の頭をぺろりと舐めたくぅの瞳がきらきら輝いている。シシィは溜息をつくと、中身の残った器を置いた。くぅが即座に鼻を突っ込む。たちまちのうちに平らげたくぅは、シシィに飛びつき顔を舐め始めた。

「ちょっ、いいっ、お礼なんかいらないから……っ！」

遊んでいると思ったのかアニクまで突進してくる。勢いをつけて飛びつかれたらさすがに耐えきれない。仰向けに倒れたシシィは血管が這う天井を見つめた。

——何かもう、どうでもよくなってきちゃったかも。

普通なら絶望するところなのだろうが、物資は潤沢《じゅんたく》だし最下層に魔物は出ない。誘拐こそしたもののくぅはフレンドリーで、敵対する意思などないと全身で示し続けている。

でも、いつまでもここにいるわけにはいかない。シシィは毛繕いを始めたくぅに聞いてみた。

「ねえ、くぅ。僕たちを連れて地上に戻る気、ない？」

くぅは腹を舐めるのをやめると、人間のような仕草で首を横に振った。それから迷宮石の方へと鼻先を向ける。

——そういえば、迷宮石に触れる夢を見た。

何となくシシィは躯の上からアニクを下ろして立ち上がった。水晶に歩み寄り、そろそろと手を近づけてみる。

ガルーでヴィハーンはこれに平気で触っていた。

「かーた？」

だから大丈夫と思ったのに、指先が触れた刹那《せつな》、景色が変わった。

シシィは広大な洞窟の中にいた。さっきまでいた空間も同じくらい広かったが、ここの壁には血管が這っていたりしない。地面もちゃんと硬い。

アニクとくぅの姿はなかった。水晶も消えていて、代わりに女の人がいた。

女神さまに仕える巫女《みこ》のような簡素なワンピースを着ている。瞳は勿忘草色、長い髪は卵色だ。

三十歳くらいで、シシィが女性になり年をとったらこんな風になるのだろうかと思うような容姿をしている。

「こんにちは」

女の人に微笑みかけられたシシィは内心動揺しつつも小さく頭を下げた。

「ええっと、こんにちは。僕、さっきまで違う場所にいたと思うんですけど……」

「大丈夫、あなたはちゃんとアニクちゃんの傍にいるわ。ここは私があなたと話すために紡いだ夢の中。この躯も本当の私の姿ではないの」

女の人はくるりと回ってみせる。それなら今の姿はシシィを模して作ったのだろうか。

「それじゃあ、本当のあなたはどんな姿をしているんですか？」

女の人は身を乗り出すと、とっておきの秘密を明かそうとするかのように声を潜めた。

「まだちゃんとした形はないの。あなたが触った鼓動する水晶――あなたたちが迷宮石と呼ぶあれね――は卵で、私はあの中で誕生の時を待っている雛《ひな》なのよ？」

水晶は透き通っていて、とても中に生き物が入っているようには見えなかったのに？

「迷宮石から何かが孵《かえ》ったなんて話、聞いたことがないです」

「それはそうよ。あなたたちったら、迷宮石を抜いてしまうんですもの。そんなことをされたら、迷宮《ダンジョン》から栄養を貰えなくなって死んでしまうわ」

ということは、ヴィハーンたちは迷宮を攻略するたび、この人の仲間を殺してきたのだ……！

「安心して。別にこの世界の人々が私の同類を殺して回っていることについて文句を言うつもりはないの。無事に育ったところで私たちは殺しあうだけ。競争相手《ライバル》を減らしてくれてありがたいとさ

え思っているのよ?」

「そうなんですか?」

「ええ。私たちはとても大喰らいだから。それより私、相談に乗って欲しいことがあってあなたを呼んだの」

シシィは目を瞬かせた。

「呼んだ? でも、僕たちはくぅに攫われて……あ、もしかしてくぅはあなたのしもべなんですか?」

「ううん、しもべじゃなくて、私の一部。元々はこのいっこ上に棲み着いていた魔物だったんだけど、呼んで、私の欠片を食べさせたの。迷宮石の中の私はまだ動けないけれど、そうすればくぅが見聞きしたものは私にも見えるし聞こえるようになるから。必要な時には思い通りに動かすこともね」

つまり、この人こそが誘拐犯だったのだ。シシィは警戒しつつ話を進める。

「相談に乗って欲しいことというのは何ですか?」

「地上の世界には青虫に卵を産みつける虫がいるでしょう? 孵化《ふか》した幼生はまだ生きている青虫を喰らって成長してゆく。私も同じなの。迷宮と呼ばれるこの小さな異界が私の揺り籠。魔物はね、私が孵化した時に喰らうための餌なのよ」

シシィは衝撃を覚えた。強大な竜種《ドラゴン》も? ヴィハーンでさえ行けないような深層に棲息する魔物も? 孵化した後のこの人に食べられるための餌でしかないの……?

「私が育つと、迷宮も育つ。迷宮が育つと、魔物も増える。でも、それだけじゃ足りないから、一定数以上に達した魔物は外へ放出されるの。私が迷宮を喰らい尽くし外に出た時に飢えないよう、外でも繁殖させるために」

シシィははっとした。

「暴走《スタンピード》……！」

植物の種が綿毛を纏い飛んでゆくように、魔物もまたシシィたちの世界に播かれようとしていたということだろうか。

「そう。あれはこれからも起きるわ。でも、あなたたちにとって最悪なのは私が孵化してからよ。卵から孵ったばかりの雛はとんでもない量の餌を食べるでしょう？　私もそう。多分、地上の世界の生きとし生けるものすべてが私に蹂躙される。でも私、そんなことをしたくないの」

いつの間にか俯いてしまっていたシシィが弾かれたように顔を上げた。

「どうしてですか？」

「地上の世界を好きになってしまったから」

洞窟が消え、嵐後の花が咲き乱れる砂漠の景色が周囲に広がった。幼な子たちにもふられるくぅが二人の間でくすぐったそうに身を捩っている。

「紅苔桃のパイもジジ鳥の煮込みもとっても美味しかったわ。お風呂はやみつきになるくらい気持ちよかったし、みんなに撫でてもらうと、何だか躯がぽかぽかしてきて……私、『豊穣の家』での暮らしが大好きになってしまったの。ねえ、シシィ。私、どうしたらいいと思う？」

とんでもない問いを突きつけられ、シシィは立ち竦む。

「えっ……どうして僕に聞くんですか……？」

「地上にいる者の中で一番私に近しいからよ」

「近しいってどういう意味ですか？」

探索者《シーカー》という意味では縁があるが、それならランカーかヴィハーンが選ばれるべきだ。もしそういうことでないなら――。

「あっ、もしかして、アニクを迷宮内で身籠もったからですか⁉」

女の人はにっこりと笑った。

何てことだろう！

「あの、そんなことで選ばれても困ります。打開策を探したいなら、学者とか、もっと頭のいい人を選んだ方が――」

「シシィ。地上に戻りたかったら、私のために知恵を絞ってちょうだい。アニクを太陽の光も差さない場所で育てたくないでしょう？」

「――！」

シシィは奥歯を噛み締めた。どうやら答えを見つけないことには地上へ返してもらえないらしい。

「あの、一応確認していいですか？　迷宮石を抜いてしまうっていう手は……」

女の人は更にいい笑顔を浮かべた。

「ごめんなさいね。私、地上の世界は好きだけど、我が身を犠牲にする気はないの。その線はなしでお願いしていいかしら？　一応断っておくと、私たちの種は生存本能がとても強くて、食欲を抑えることなんかできないわ。他の迷宮は未熟すぎて抵抗できなかったかもしれないけれど、私は違う。迷宮石の近くで殺意を感知したら反射的に殺しちゃうかもしれないから、気をつけてね？」

「わかり……ました……」

シシィはこめかみを押さえた。

「それじゃ、アニクちゃんがむずかり始めたみたいだから、一回帰すわね。私と話したくなったらまた迷宮石に触れてちょうだい」

女の人がにこやかに手を振る。夢から覚める瞬間のように世界の輪郭がぼやけ——気がつくとシシィは迷宮石の傍に立っていた。おむつが濡れてしまったのか、少し後ろでアニクが難しい顔をしている。

シシィはへたへたと座り込んだ。

どうしよう。僕、一歩間違えたら地上が滅びかねない案件を双肩に背負わされちゃった……!

「荷が重すぎるんだけど……」

シシィは途方に暮れる。

◆　◆　◆

ちびたちの視線を感じたヴィハーンは砂除けの布を注意深く引き上げ顔を隠した。

迷宮に入る前からろくに寝ていないせいで目の下に濃い隈が浮いている。そろそろ何か言われそうだ。

捜索は順調に進んでいた。やることは迷宮攻略と大差ない。石版を携帯して下層に繋がる階段を探し、出てきた魔物や水場の位置を記録する。攻略と違うのは、階段が見つかった後も隅々まで足を運んでシシィたちがいないか確認してから次の階層に進んでいるということか。

ちびやランカーで手分けしても各階層は広く、時間がかかった。気は急くが、すぐ傍まで来ていたのに見落として、シシィを殺すことになったらと思うと手を抜くわけにはいかない。

もう一機昇降機を造ったらと思わないでもなかったが、駄目だ。第四十五階層までは、ヴィハーンが今まで集めてきた魔物避けを各階に設置できたが、もう在庫がない。魔物によって昇降機が破壊されるだけならまだしも、穴を伝って上がってこられたら大変なことになる。地道に一階層ずつ探索していくしかない。

階段がある場所には大抵広めの空間が開けているので、休憩はそこで取る。食事の準備をするのはちびどもの役目だ。ちっこいのにやらせるのはどうかと思ったが、料理ができる面子《メンツ》が他にいないのだから仕方がない。

「きょーのごはんは、どらごんているすてーきらよ」

「さめたらうまくねーからな。そーさくからもどってきたじゅんにやく。おら、さらもってきな！」

第六十一階層に到達した日。担当地区の探索を終えた幼な子たちがいつものように階段の上の広間に陣取って食事の支度をしてくれていた。ドゥルーブがまな板からはみ出すほど大きい竜《ドラゴン》のしっぽを包丁でだん！と輪切りにすると、オムが鉄板の上でじゅうじゅう焼く。

「らーじゃ、んっ」

ステーキが焼けると、ドゥルーブが魔法具に保管してあったのだろうあたたかなスープとやわらかなパンを添えて盆に載せ、そろそろと運んできてくれた。

「ありがとう、ドゥルーブ。だが、別に俺を優先しなくてもいいぞ」

ヴィハーンは受け取った盆を胡座を掻いた足の上に置く。

「んーん。らーじゃ、あとまわしにしたってしったら、ししー、きっとおこるもん」

探索の最中、あるいは公爵家の屋敷で。シシィはいつもヴィハーンを最優先にしてくれた。別に後回しでいいと言いつつも、特別扱いされるのは嬉しかった気がする。

「……そうか。そうだな。シシィが帰ってきた時のために、ちゃんとしておかないといけないな」

俺も。

肉質のおかげか、幼な子たちの焼き方がうまいのか、ステーキはよく焼けているのにやわらかかった。少しきつめの塩が疲れた躯に染みる。香草を加えればもっと美味くなりそうだが、ここまでやってくれているちびたちに言う気はない。担当区域の捜索を終え戻ってきたランカーたちも幼な子にステーキを焼いてもらっては夢中になって食べている。

盆の上にあったものを平らげると、ヴィハーンはお代わりすることなく立ち上がった。皆が食事をしている間に軽く下の階層を偵察しておこうと、階段に向かう。だが、あとちょっとというところで急に足が重くなった。

「……ドゥルーブ？」

「らーじゃ、どこいくー？」

見下ろすと、みかん色の毛並みの幼な子がヴィハーンの足にしがみついていた。

「少し下を見てくる」

「だめー！」

錘《おもり》が増す。勢いをつけて跳躍したシュリアが背中に、ドゥルーブが占領していない方の足にオムが追加されたのだ。

皿を持ち列を作って、肉が焼けるのを待っていたランカーが半泣きになる。

「おい、俺の肉っ」

引っぺがそうとするヴィハーンの手に逆らいながらオムが叫んだ。

「おにく、けしずみにされたくなかったら、らーじゃとめるの、てつらって！」

「だんじょんはいるまえかららーじゃ、ぜんぜんやすんでねーんだ」

そんなことはないと、ヴィハーンは背中のシュリアに言い返す。

「暴走が終わるまで寝た」

「にじかんだけな。そんなんやすんだうちにはいらねー」

「らーじゃ、おめめのした、まっくろ」

「いーかげん、ねなきゃだめー！」

一人剝がしても、次を剝がそうとしている間にまた張りつかれる。埒《らち》が明《あ》かない上に奮闘する年嵩の三人を見た他のちびたちまでわらわらと集まってきて、ヴィハーンは幼な子がなる木のようになってしまった。

「おい誰か、この子たちを取ってくれ」

だが、誰一人ヴィハーンの求めに応じない。

「すまねえな、ラージャ。俺たちの肉のためだ。おとなしく休んでくれ」

「裏切る気か、シン」

「俺たちも今、あんたに倒れられたら困るんだ。偵察はやっておくから寝ろ」

別のランカーがオムだけ摘まみ上げて鉄板の方へと戻っていく。幼な子にしがみつかれたままのヴィハーンは動けない。

――こんなことをしている場合じゃないのに――。

そう思った時だった。横穴の一つから荒々しい足音が近づいてきた。その場にいた全員が武器へと手を伸ばす。魔物の足音ではないようだから多分仲間が戻ってきたのだろうが、念のためだ。

「ラージャ！　ラージャ、すげーヤツ見つけたっ。来てくれ……って、おいおまえ、待ってろっつったろーが！」

案の定、姿を現したのはまだ若いランカーだった。後ろから何か引きずるような音が聞こえてくるのに気づいて怒鳴っている。

男の後ろから現れたものを見た面々は唖然とした。それは一見、エルフの男のようだった。外套の下に着ているのは魔法使いが好むローブだ。薄汚れてはいるが胸まである髪は白金色で、淡い色の守り石が鈍い光を放っている。エルフの例に漏れない美形だったが、青かったのであろう瞳は濁っていた。顔は白皙を通り越し、死人のように青白い。おまけに躯のあちこちからキノコが生えている。左足は折れているようで足首から変な方向に曲がっていたが、痛みを感じている様子はない。平気で骨の飛び出した折れ口を地面に突き、ちぎれかけた足首から先を引きずりながら歩いてくる。

ヴィハーンは幼な子たちを押しのけ剣の柄を握った。

「魔物か」

エルフが両腕で胸の前に×印を作る。

「いやいやいや、地上産のエルフだから。ただちょーっと死んでいる上、魔物に寄生されているだけだから。ああ、風魔法を使える者がいたら、この辺の空気がそっちに行かないようにしてくれ。僕の躯から出る胞子を吸うと、僕のようになってしまう」

「えっ」

ランカーたちがぎょっとして後退ると、エルフは尻を押さえるような仕草を見せた。

「ああ、大丈夫大丈夫。ずっと踏ん張って我慢していたからな。だがそろそろ我慢の限界、うっかりすると出てしまいそうだ」

「ロニー」

ヴィハーンが端っこで膝を抱えていた青年を呼ぶ。エルフがすぐに青い薄膜《結界》で囲われ、ランカーたちの間にほっとした空気が流れた。

「ほう、凄いな、空間魔法の使い手か！」

「用は何だ」

ヴィハーンのぶっきらぼうな質問に、エルフは恥ずかしそうにこめかみを掻いた。

「ああうん、その、僕のこと、殺してくれないかと思って。駄目かな……？」

ちびたちのしっぽが逆立つ。

◇　◇　◇

赤の月には様々な異名がある。ここ、ジャジャラディ王国では「魔の月」。ワーヤーン帝国では「災厄の先駆け」。古い言い伝えでは「異界の扉」。意味なんてないと思っていたけど、迷宮の卵はほんの一時《いっとき》開いた扉を通り抜けて異界から送り込まれてきたらしい。現在も月が満ちるたびに異界との間にある壁は紙のように薄くなり、この世界に様々な影響を及ぼすという。魔物が活気づくのもオメガが否応なく発情期《ヒート》に見舞われるのもそのせいだ。

迷宮石から手を放すと、シシィはふうと溜息をついた。最下層に来てからシシィは迷宮石との対話を重ねている。与えられた課題を解く鍵を得るためだ。

——孵化する前に迷宮石を向こう側へ送り返せたらいいんじゃないかと思ったんだけどなあ。

異界に繋がる扉は彼女たちがここへ送り込まれて以来開いていないらしい。迷宮の成長速度が違うのは、送り込まれた時が違うのではなく、外界の生き物が入り込むまで迷宮が休眠状態にあるからだという。

気を取り直し、シシィは大きな桶を取り出す。

「アニク、お風呂だよー」

「やー」

くぅと遊ぶのが楽しいのか、アニクは厭がってぷいっとそっぽを向いた。

「やーじゃない、綺麗にしないと痒い痒いになっちゃうよ。それにお風呂、気持ちいいでしょう？」

シシィは大きな桶をぬるま湯で満たし、捕まえたアニクをすっぽんぽんにする。周囲にはアニクの玩具が散らかっており、牧歌的な柄の敷物まで広げられていた。桶の傍ではくぅがお座りして待っている。自分も入れて欲しいが、アニクが終わってからでないと怒られるとわかっているのだ。

アニクを泡だらけにしながら、シシィは考える。

——孵化を止めることができれば……ううん、孵化したとしても迷宮から出てこないようにできれば……。

思考は空回りするだけ。答えはいまだ見えない。

♪　♪　♪

ロニーはいつも通り隅っこに小さくなって座っていた。目の前には美味しそうに焼けたドラゴンテイルステーキがあるけれど、喉を通りそうにない。隣にキノコを生やしたエルフがロニーと同じように膝を抱えて座っているせいだ。しかもさっきからじーっとロニーのことを見ている。

何で……何で、こんなことに……。

来るつもりなど欠片もなかった迷宮に引っ張ってこられた上、死んでいるのに生きているエルフの世話を押しつけられ、ロニーはもう、頭がぱーんと弾けそうな心持ちだった。

殺すのはいつでもできるからって後回しにするなんて、酷くない……？

害意のないことがわかるなり、ヴィハーンはランカーや幼な子たちに担当区域を割り当てたり消費したアイテムを補充してやったりといった捜索準備をするため行ってしまった。食事が終わったら彼らはまた次の階層の捜索に取りかかるらしい。

ロニーはとにかく落ち着こうと、空間魔法でしまっておいた冷たいリラ茶を取り出す。大きなピッチャーからカップに注いだところで、頬に圧力を感じた。エルフが身を乗り出したせいで、エルフの周りに張った結界がロニーにぶつかったのだ。

「あ、あ、あの……？」

「それ、僕にもくれないか？　死んでからお茶の一杯も口にしていなくてね」

ロニーは震える手でもう一つカップを出してリラ茶を注ぐと、結界の中へと押し込んでやった。冷茶を呷《あお》ったエルフがぷはーっと胞子交じりの息を吐く。

「美味い……！　茶を飲むなんて実に……今年は何年だ？　何と！　じゃあ十八年……いや、十九年ぶりだ！　とにかく生き返るような気分だよ」

至近距離で微笑みかけられ、ロニーは顔を引き攣らせた。

「……あの、死んでるのにお茶の味がわかるんですか？」

「酷いなあ。キノコを生やしていたってお茶の味くらいわかるさ」

エルフがはっはっはと笑うが、笑えない。

「ええと、あなたも探索者《シーカー》だったんですか？」

「ああ！　かなりの凄腕だったね。ラーヒズヤ卿率いる『栄光《グローリア》』といったら、不動のトップランカーで――」

「ラーヒズヤ卿⁉」

思わず大きな声を出してしまったせいで食事に集中していたランカーたちが顔を上げた。

「何だ、いまだ僕たちの名声は健在なのかい？　まさか今でも卿が現役なんてことは……？」

集中する視線にそわそわしつつもロニーは答える。

「いえ、それはないです、ラーヒズヤ卿はもう亡くなられましたし。ただ僕たち、ラーヒズヤ卿の養い子を捜しに来たんです。魔物によって迷宮に連れ去られてしまったので」

「何だと？　卿の養い子？　あいつ、子なんかいたのか？」

「はい。シシィさま――ええと、本名はヴィヴィアンさまっておっしゃられるんですけど……」

エルフの表情が変わった。


「待たせたな」

食事を終えた皆を捜索に送り出したヴィハーンが戻ってくると、ロニーは逸《はや》る気持ちを抑えつつ立ち上がった。エルフもロニーを真似てぎくしゃくと立ち上がる。

「死にたいんだったな。燃やせば死ぬか？」

いきなり手を翳して魔法を発動させようとするヴィハーンを、ロニーは慌てて止めた。

「待ってください。領主さま、この人、ラーヒズヤ卿のパーティーメンバーです」

「何？　エルフのメンバーといえば……魔法使いのエドモンか」

「うわ。するっと僕の名前が出てきた」

ぽふんと胞子が噴出し、結界の中の空気が煙る。

「ラーヒズヤ卿のパーティーは今や伝説だ。最後の探索で当時並ぶ者のいなかった魔法使い、エドモンを失ったという話もよく知られている」

「え、あの探索が、皆の最後の探索になってしまったのか？　それってつまり、僕のせいで皆が引退してしまったってこと？　うわ、下手を打ったなあ……」

エドモンは顔を顰め、こりこりとこめかみを掻いた。

「まあ、それはともかく。冥士《めいど》の土産にヴィヴィアンについて聞かせてくれないか」

「ヴィヴィアン――シシィのことか？　なぜ二十年も迷宮に囚《とら》われていたおまえがシシィを知っている」

「ヴィヴィアンの母親の友達だからかな？」

どうして領主さまは真剣になると圧を発するのだろう。

毛を逆立てエドモンに詰め寄るヴィハーンから、ロニーはじりじりと後退った。

「シシィの親について知っているのか？　それなら教えろ。あれは孤児として育ち、自分の親が誰かさえ知らないのだ」

「知らない？　何で……あ！　あー、そういうことか。そりゃそうだよな、子供に秘密が守れるわけがない。知らない方が安全だ。賢明な判断だが……切ない話ではあるな。それに僕が死んだらヴィヴィアンに真実を知る術《すべ》はなくなってしまうのか……？」

「エドモン。殺して欲しければ、知っていることをすべて教えろ」

「はは、変な脅し文句だ。だが……そうだな、ヴィヴィアンももう子供じゃないんだし、何かあった時のために一応知っておいた方がいいか」

そしてエドモンはロニーたちに驚くべき話を聞かせてくれた。

♪　♪　♪

これは僕の生前最後の探索の話だ。

君なら知っていそうだが、卿率いる『栄光』はずっと六人の固定メンバーで活動していた。だが、実は最後の一回だけ、イヴという女性がパーティーに加わっている。はは、知らないか。そうだろうな。

イヴは多分当代一の薬師で、優れた回復魔法の使い手だった。そう、彼女は大神殿に仕える巫女だったのさ！　知っての通り、回復魔法が使える魔法使いは大神殿の虎《とら》の子、大事に囲い込まれて外に出ることはない。だが、彼女には特別な事情があった。——妊娠していたんだ。

イヴの家系は特殊でな。代々回復魔法使いが生まれる代わりに、男子は絶対に生まれないんだ。孕んでも流れてしまう。

普通なら腹の子が男か女かなんざわからないんだが、彼女は夢で見た。恋人が、生まれたばかりの男の赤子を抱いているところを。

イヴの恋人は神官の一人だったらしい。だが、市井の出だったせいで、周りは女神の寵愛篤《ちょうあいあつ》い回復魔法の使い手である彼女の相手にはふさわしくない、別れろ別れろの大合唱。随分と頑張ったらしいが、結局恋人はイヴを王族に娶《めあわ》せたい身内の誰かが放った刺客によって殺されてしまう。彼女が妊娠に気づいたのはその後だ。

愛した男の忘れ形見だ。何が何でも産みたいが、夢の通り男の子なら産まれる前に死んでしまう。当時、ちょうど大爪蟹《ジャイアントクラブ》が美味なだけでなく産後の肥立ちにいいことがわかって話題になってな。彼女はそういう、子を産む助けになる何かが迷宮《ダンジョン》にならあるんじゃないかと思って大神殿を出奔《しゅっぽん》した。追っ手を振り切りアブーワまでやってきた彼女に回復魔法使いとして働くから迷宮に連れていってくれと持ちかけられ、卿は危険な迷宮に身重の女性を連れていくのはどうかと随分悩んだが、子を死なせたくない母の気持ちはわからないでもないし、薬師としての経験のおかげか何らかの魔法が働いているのか、イヴには触れればその素材が薬にできるか否か、どういった効き目があるかわかるという能力があった。で、往復にかかる時間やいつ子が流れてしまうかわからないことを考え合わせた結果、僕たちは彼女を連れて迷宮に入ることにしたんだ。

足を引っ張られることになるだろうって思っていたんだけどね、逆だったよ。

回復魔法使いって普通、すぐ魔力切れになってしまうわできることは止血程度だわで、何とゆーか、痒いところに手が届かない感が強いんだけど、イヴは切り落とされた腕すら元通りにすることができたんだ。変な制約があったり、旦那の血筋がどーのこーの言われたりするだけのことはあったってわけさ。

そうとわかれば今までできなかった無茶ができるわけで、僕たちの踏破記録は軽々と塗り替わっていった。あの時はどこまでも行けるような気がしたよ。腹の子にいい薬の素材がなかなか見つからなかったこともあって、僕たちは更に深く、深くと潜って……気がついたら最下層にいた。

ああそうだ。僕たちはアブーワ大迷宮《グレートダンジョン》を踏破したんだ。

迷宮の底は変な場所だったよ。生き物の腹の中のように生あたたかく、至る所が脈打っていてな、真ん中にでっかい水晶が生えている。なぜか魔物はいなかったから、イヴは壁や地面まで薬にできないか調べていたよ。ぴかぴか光る水晶にも触った。そうしたら声が聞こえたらしい。こんな声だ。

私ならおまえの子を救ってやれる。だが、ただというわけにはいかない。

僕たちに声は聞こえなかったけれど、ただならぬ雰囲気は感じ取れたからね。傍で様子を見守っていた。だから知っているんだ。触ってもいないのに水晶から小さな欠片が落ち——彼女がそれを口にしたのを。

ほう、君たちはあれを迷宮石と呼んでいるのか。そう。彼女は迷宮石を食べた。そうすることで彼女は何とゆーか、迷宮石と繋がった、らしい。彼女が見たり触ったり味わったりしたものは迷宮石に伝わるし、反対に迷宮石が持つ知識も彼女に伝わるようになったんだ。

たとえば、そうだな、どの魔物の肉はどの香辛料と相性がいいとか、鱗はどうすれば武器に加工できるかとか、削った角を飲むと何に効くかとかいうことまで彼女はわかるようになった。多分、彼女自身の能力と知識が迷宮石の知識と融合した結果なんだと思う。

それから成長しきった迷宮は世界を滅ぼす、迷宮を見つけたらできるだけ早く水晶を取ってしまった方がいいなんてことも教えてくれた。

へえ、今は迷宮を見つけたらすぐ攻略して水晶を回収することになっているのか。僕たちの探索の成果だと思うと、感慨深いな！

ん？　迷宮石の交換条件？　ああ、あれは外の世界を見てみたかったらしい。イヴは迷宮の底から動けない水晶が外へ踏み出すための宿主になったのさ。

今の話がシシィ――ヴィヴィアンのことだよな？――にどう関係するのかって？　イヴがよく言っていたんだよ。腹の子が産まれたらヴィヴィアンと名づけると。
君のつがいは卿に育てられたんだろう？　年齢は十九歳くらいか？　はは、これが偶然であるわけがない。シシィとやらはイヴの子だ。

♪　♪　♪

「というわけで、ずっと気になっていたんだよ。イヴはちゃんと出産できたのか、大神殿に連れ戻されることなく、ヴィヴィアンとハッピーエンドを迎えることができたのか」

にこにこしているエドモンを、ロニーは呆然と見ていた。胸がいっぱいで何と言ったらいいのかわからない。ヴィハーンの表情もこころなしか沈んでいるようだ。

「俺がシシィと婚約することになった時に父上が調べたところによると、シシィの母親はアブーワの職人街で迷宮の素材に関する知識を売って生活していたらしい。だが、知識を独占しようとする貴族に拉致されそうになり、抵抗した彼女は疾走する馬車から転げ落ちて……」

胸が締めつけられるように苦しくなり、ロニーは何度も瞬きをする。そうでもしないと涙が零れ落ちそうだった。頑張って迷宮の底まで行って愛した人の子を得たのに、イヴはそんな下らないことのために死んでしまったのだ！

「シシィが一歳にもならない時分のことだったらしい。なぜかラーヒズヤ卿が拾ったと言い張り出自を明らかにしようとしなかったため、父上も口を閉ざしていたのだが――巫女筋とはな」

ワーヤーン帝国出身のロニーは、王都の大神殿についてよく知らない。

「それって隠した方がいいことなんですか？」

ヴィハーンの表情は厳しい。

「イヴの回復魔法の力がエドモンの話通りなら、大神殿は必ず取り戻そうとするだろう。シシィが回復魔法を使えるという話は聞いたことがないが、空間魔法を使えるなら同じことだ。ハズレなしの血筋であることに変わりないからな」

「でっ、でも、シシィさまは領主さまのつがいなんですし……」

ロニーの希望をエドモンが吹き飛ばす。

「ところが敵は大神殿だけじゃないんだな！　そんな素敵な血筋の生まれだとわかったら、王族も他国も争奪戦を始めるぞ。何といっても確保できれば貴重な魔法の使い手の安定供給が望めるんだ！」

エドモンがあっはっはと笑う。ロニーはしゃがみ込みたくなった。変な汗が浮いてきて気分が悪い。

「そんな……酷いです……シシィさまは魔法使いである前に人間なのに……」

「まあ、そんなことはさておき、ヴィヴィアンはイヴが死んでから卿の養子になって、君のつがいに迎えられたって流れで合ってるか？　そんでもってこの子が領主さま領主さまと言ってるってことは、君はアブーワの領主なんだよな？」

「そうだ」

エドモンが口笛を吹いた。

「ほう！　ヴィヴィアンは玉の輿に乗れたんだな？　めでたしめでたしだ！」

エドモンの軽口にもヴィハーンの表情はほとんど崩れない。

「シシィが魔物に攫われて迷宮に消えなければ、めでたしでよかったんだがな」

「その話はさっきこの子犬ちゃんに聞いたよ。翼のある伸縮自在の魔物に攫われたんだって？　そんな魔物、一匹しか見たことがない。ヴィヴィアンを攫ったのは多分、迷宮石のしもべだ。だとしたらヴィヴィアンが傷つけられることはないから、そういう意味では安心していいと思う」

ロニーは息を呑んだ。ヴィハーンも僅かに目を見開く。

「なぜそんなことが言える」

「さっき言っただろう？　イヴは迷宮石の欠片を飲んだと。そのイヴから生まれたヴィヴィアンの中にも当然欠片は受け継がれている。でなきゃ無事この世に生まれ出ることなどできやしなかったはずだからな。ということは、ヴィヴィアンも迷宮石の一部なんだ。イヴには迷宮石を傷つけることができない代わりに傷つけられることもなかった。それならヴィヴィアンも迷宮石を傷つけることができない代わりに傷つけられることもないはずだ」

「シシィさまが迷宮石の一部……？」

ロニーは視線を彷徨わせた。急にシシィが得体の知れない化け物のように感じられたのだ。

だが、ヴィハーンは揺るぎなかった。

「ということはアニクも無事だということだな」

「アニク？　って、誰だい？」

「俺とシシィの子だ」

「イヴに孫がいるのか！　何とめでたい。イヴもあの世で喜んでいることだろう！」

エドモンは本当に嬉しそうだった。

「おまえは迷宮に詳しいようだ。意見を聞かせてくれ。シシィとアニクは迷宮のどこにいると思う？」

「そりゃあ迷宮石のある最下層だろう」

「ここからどれくらい下にあるかわかるか？」

「残念ながらよくわからない。キノコに寄生されてからなぜだか最下層が怖くて近寄れなくなってしまってね。下が駄目なら上に行こうと思ってずっと地上を目指していたんだが、この足だろう？　おまけに僕は方向音痴で、地図を作りながら歩いても一階層抜けるのに馬鹿みたいに時間がかかって――」

「待て、下層の地図があるのか？」

ヴィハーンに遮られたエドモンはにやっと笑った。

「ああ」

「譲ってくれ。階段の位置がわかれば時間が節約できる」

「ん？　いいぜ。君、僕を燃やしてくれるんだろう？　それなら、これはもう必要ないからな」

「――」

ロニーは息を呑んだ。そうだ。この人は死を望んでいたんだった。

この人は逝《い》く。シシィやアニクに会うことはないまま。

エドモンは襤褸《ぼろき》切れのような背負い袋を逆さにし、丸めた魔物の皮の山を作った。広げてみると、魔物の皮の裏には地図が描かれていた。

「迷宮は育つものだ。僕が上へと移動し始めてから地図にない階層が増えていると思うから、そこのところは勘弁してくれ」

「もちろんだ」

空になった背負い袋を足元に置いたエドモンが壁際まで下がる。

「いやあ、今日はいい日だ。キノコのせいか、どれだけ終わりにしたいと思っても自分では死ねなかったんだが、これでようやく終わりにできる。ぐっすり眠れる！」

胸が苦しい。

喜んであげるべきなのかもしれないけれど、ロニーにとって人の死は等しく哀しむべきものだ。

涙ぐむロニーに気がついたエドモンが困ったように笑う。

「おいおい、坊主、何て顔してるんだ。僕と君とは赤の他人なんだぞ？」

「そうなんですけど……」

ぐすっと鼻を鳴らすと、エドモンが頭を撫でようとし——結界に阻《はば》まれて引っ込めた。

「まあ、何だ。僕のために泣いてくれてありがとうな、坊主。君はキノコになんか殺されず、地上に戻れよ？」

ぽんっとまるで花火のように。

ヴィハーンの火魔法を受けたエドモンは一瞬で燃え上がり、火の粉を散らした。赤の他人で、正直に言うと傍にいたくないとさえ思っていたのに涙が溢れる。

ぐすぐす鼻を鳴らしていると、エドモンを燃やし終えたヴィハーンが肩に触れた。

「おまえは探索者《シーカー》に向いていないな」

もしかして、慰めてくれているつもりなのだろうか。

「……僕、最初から迷宮には行きたくないって言ってます……」

「そうだったな。シシィと仲がいいようなのに、不思議なことだ」

「シシィさまも領主さまも何でそんなに迷宮へ行きたがるんですか」

キノコに寄生され、死にたくても死ねなくなってしまうかもしれないのに。

ヴィハーンが目を伏せ、僅かに口角を上げる。

——え、領主さま。笑ってる——？

いつもの威嚇めいた笑みとは違う、大切なものを噛み締めるような微笑に、ロニーは目を奪われた。

「大事なものを守るためだ」

予想もしなかった答えに、ロニーははっとする。

「迷宮にばかり潜っていると色んな感覚が麻痺《まひ》してくるが、おまえのような者を見るとほっとするな。シシィもおまえのそんなところを気に入っていたのかもしれん。——つがいとしては、他の男と仲良くされるのは業腹《ごうはら》なのだが」

「ひえっ？」

ヴィハーンのベルトに固定されていた石版が小さな音を発する。階段を見つけたという知らせにヴィハーンの表情が引き締まった。

「移動するぞ。——ああ、エドモンに聞いた話は他言無用だ。シシィにも言うな」

「どうしてですか?」

「おまえなら、得体の知れない存在の欠片が自分の中にあるなんて話を聞きたいか?」

「それは……」

ロニーは口籠もる。

隠されるのも厭だけど、もしおまえには魔物が交ざっていると言われたら気持ち悪く感じるに違いない。子がいるなら尚更気に病みそうだ。

「調べてみて、親族や大神殿がシシィの害にしかならなそうだったら、血筋についても伏せねばならん」

は?

ロニーは信じられない思いでヴィハーンを見上げた。

「領主さま、それはちょっと横暴なのではないでしょうか」

シシィは孤児だ。

ロニーにはちゃんと親がいるけれど、親のいない子がどれだけ淋しい思いをするものかくらいわかる。身内がいるとわかったなら知りたいと思うに違いない。たとえ害にしかならないような人たちであってもだ。運命のつがいなのに、ヴィハーンにはシシィの気持ちがわからないのだろうか。

シシィのためにもそこのところは説得しておかねばと思ったのだが、赤い目に見据えられただけでロニーは竦んでしまった。

「シシィは俺のつがいだ。どんな事情があろうとも手放す気はない。もし奪おうとする者がいたならば叩き潰す。それが女神でも、国でもだ。シシィを守るために必要ならジャジャラディ王国から離脱して、アブーワを独立させてもいい」

こくりと喉が鳴る。

領主さまは本気だ。シシィさまを傍に置くためなら、たとえアブーワ中の人を巻き込んでも戦う気でいる。

獣人のアルファのつがいに対する独占欲は強いと聞いたことはあるけれど、これは過激すぎやしないだろうか。そう、思ったのだけれども。

「ロニー、おまえはわかっているのか？　シシィは男オメガ、最悪の場合、逃げないよう閉じ込められ、好きでもないアルファの子を死ぬまで産まされることになる。アニクを産んだ時だって死にかけたのにだ」

ロニーはやわらかな茶色の目を見開いた。

「領主さま、シシィさまの躯のことを知って……？」

「知らないわけがないだろう。あの時、医者に命じられ用意していた水薬《ポーション》や霊薬だけではシシィの命は繋ぎ止められなかった。たまたま俺が探索用に、普通では手に入らない最上級の薬を大量に収納の魔法具に溜め込んでいたからシシィは生きながらえることができたのだ」

「でも、領主さまは二人目の子を望んでいるみたいだって、シシィさまが」

「望んでいたならもうシシィを孕ませている。第二子は欲しいがシシィの命には替えられないからな。シシィには宝石と偽り、妊娠しない効果がある守り石をつけさせている」

そう吐き捨てたヴィハーンは苦しそうな顔をしていた。ヴィハーンも己の行動をよしとしていないのだ。

「シシィは情が深いし、まだ権力というものの怖さを理解できていない。身内が生きていると知ったらきっと……」

――シシィさまの気持ちがわかっていないわけじゃない。むしろ誰より理解しているし大事に思っているからこの方は、もしバレたら誹《そし》られるに違いない選択をしたのだ。

己の浅はかさに気づいたロニーは勢いよく頭を下げた。

「ごめんなさい」

謝られるとは思っていなかったのだろう。ヴィハーンの眉間に不可解そうな皺が寄る。

「僕が考えなしでした。シシィさまの置かれた立場をろくに理解してもいないのに生意気なことを言って、すみません」

場の空気がふっと緩んだ。

「……おまえがシシィのためを思って言ったのはわかっている。謝る必要はない。シシィの両親が生きてるならともかく、残っているのはシシィの父親を殺したかもしれない身内だ。最悪の場合を考えて口止めしたが、調べてみてシシィを大切にしてくれそうだったらちゃんと教えるし、会わせる」

ロニーはヴィハーンのことを怖い人だとずっと思っていた。大きくて、目つきが鋭くて、滅多に笑顔を見せないからだ。でも、この方は本当はロニーが今まで会った誰より思慮深く、愛情深かったのかもしれない。

脅すような口調も圧も、すべてはシシィのためだ。

「発情期《ヒート》が来たら、僕、シシィさまのために頑張りますね」

「頼りにしている」

ヴィハーンが階段に向かって歩きだす。ロニーもぴょこぴょこと後を追った。もう怖がったりしない。ヴィハーンとシシィのために力を尽くすぞと己に気合を入れながら。

◆ ◆ ◆

地図は偉大だ。それからのヴィハーンたちの進行は驚異的に早くなった。階段間の移動が最短距離で済むようになった上、各階層の捜索を放棄したためだ。下るにつれ、魔物は確かに強くなっていったが、分散せず一丸となって進むようにしたおかげでむしろ余裕を持って戦えている。毎回半分近くが戦闘に参加できず、見物に回って野次を飛ばしているくらいだ。

エドモンの地図に出現する魔物の特徴や弱点が記されていたのも大きい。

地図がない階層――エドモンが通過した後に増えた階層だ――に達してからはそれまでのようには進めなくなったが、ランカーたちは依然、意気軒昂《いきけんこう》だ。

ぐおおおおん。

第七十四階層にて。斧《アックス》を持った燃える巨人が現れると、獣人や竜人からなる力自慢のランカーたちが即座に盾を構え、前に出た。エドモンの地図を読み解くのは戦闘に加わらないロニーの役目だ。

「あっ、この魔物、第六十五階層にも出てきてました！　赤い斧男《レッドバトルアックスマン》です！　火属性の魔法攻撃をしてきます。大きい割に素早いので注意してください。弱点は……書いてないです」

ヴィハーンが片手を上げ、指示を下す。

「水の盾《ウォーターシールド》を展開、先制は氷の槍《アイスランス》だ。構え！」

魔法使いたちがそれぞれに魔力を練る後ろで、幼な子たちが呪文を唱え始めた。

「かぜよー！」

「ししーのべにこけもものぱい、あげゆ」

「おにーしゃんたちにー、ちから、かしてー！」

ぽよんと光の玉が生まれたが、幼な子たちが精霊魔法を掛けられる数は限られている。当たりを引けた探索者は拳を突き上げ、引けなかった探索者はがっくりと項垂れた。

「よっしゃ、来たーっ、いっくぞー！」

「くっそ、今回は加護なしか、次は頼むぜ、ちびちゃんたちよう」

駆けだした男たちを氷の槍が追い越してゆき、巨人に突き刺さる。唸りを上げ振り回される斧を掻いくぐり巨人を取り囲むように配置につけば、あとは皆でタコ殴りにするだけだ。

ぐおおおお。

凄まじい咆哮《ほうこう》に本能が反応し、全身の毛穴が縮む。だが、ランカーになるような連中は並の神経をしていない。喜々として戦いに興じる。

「もう一体現れたぞ！　狼っぽいヤツの群れもだ！」

「魔法使いと当たりを引いた面々で対応しろ！　残りはとどめを刺すことに集中！」

「うおおおお！」

深々層ともなれば次から次へと強い魔物が現れる。当たりを引いて身体能力の上がっている面々に面倒な仕事を割り振ると、ヴィハーンは巨大な石筍《せきじゅん》を駆け上り、戦場となっている広大な洞を俯瞰《ふかん》した。奥に開口した横穴から更に新手がやってくる気配がある。

「あったぞ、階段だ！」

そう叫び声が上がると、ヴィハーンは石筍から飛び降り、壁際で震えていたロニーを担ぎ上げた。

「行くぞ」

「わっ、ヤッ、お、下ろしてくださいっ」

ロニーは厭がるが、もちろん無視だ。ひょこひょこ走るロニーに合わせていたら、いつ魔物に喰らいつかれるかわからない。

階段まで巨人と戦闘狂《ランカー》たちがやりあう中を走り抜けたヴィハーンはちびどもを呼ぶ。

「シュリア！　階段でロニーを守れ」

「おう」

階段だからといって魔物がいないわけではないが大物が入ってこられないだけ安全だ。乱戦を抜けてきた白い毛並みの幼な子にロニーのお守りを引き継ぐと、ヴィハーンは戦いに戻ろうとした。

だが。

「ひょわっ、何これ、やわらかい。それに血管⁉」

階段に踏み込むなりロニーが上げた悲鳴に、足が止まる。

「らーじゃ、ここ、なまぐさい」

小さな手に外套の裾を引っ張られ、振り返ったヴィハーンは己が目的地に着いたのを知った。

薄暗い階段の壁に太い血管のようなものが這っている。

「最下層だ……」

血腥《ちなまぐさ》いにおいも血管も、最下層に繋がる階段の特徴だった。

「ついたってこと？　ここをおりたら、ししー、いる？」

「ああ」

ちびどもに気づかれないよう、ヴィハーンはゆっくりと深呼吸する。

「さいかそーにつながるかいだんには、まものがはいってこられねーんだよな？」

「ああ。他の迷宮《ダンジョン》でも最下層に繋がる階段で魔物を見たことはない」

エドモンも結晶のある部屋が怖いと言っていた。

「じゃあみんなをここにたいひさせよーぜ。らーじゃはろにーといっしょに、さきいけ」

ヴィハーンはシュリアを見下ろす。白い幼な子は丸っこい耳をぴこぴこさせて笑っていた。階段を下りさえすればシシィとアニクに会えると信じて疑っていないのだ。

「……ああ」

ヴィハーンは奥歯を噛み締めると、他の階層間に比べて長いように感じられる階段を下り始めた。

生き物の躯内のような空間は血腥いせいもあり何とも薄気味悪い。

もし、二人がいなかったら。あるいは死んでいたら。

ふっと下らない考えが頭に浮かんだが、ヴィハーンは表情一つ変えない。

シシィとアニクはいる。元気で、自分が行くのを待っているに決まってる――。

「あっ、あそこが出口ですね」

結晶が放つ光だろうか。明るくなったり暗くなったりする四角が下方に見えてきて、ヴィハーンは足を速めた。ロニーがついてこられていないが、置き去りにしたところで危険はない。最後の数段など走るようにして下りて最下層——第七十五階層に踏み込み、ヴィハーンは目前に広がった光景に絶句する。

広大な空間の中央近くに張られているのは鮮やかな色の天幕だ。天幕のてっぺんと迷宮石の間にはあろうことか紐が張られ、洗濯物が干されていた。傍には石を組んだ竈《かまど》もある。大きなテーブルいっぱいに並べられているのは紅苔桃のパイだ。

長閑《のどか》な風景のただ中で、天幕と同じほどの大きさがある砂漠狐《デザートフォックス》が眠っていた。規則的に上下する巨体の上では、大の字になったアニクがもにゃもにゃ寝言を言っているし、シシィもその傍で、黒い毛並みに埋もれている。

生きていた。

ヴィハーンは足早に歩み寄ると身を乗り出し、アニクのふっくらとした頬に唇を押し当てた。

アニクの目がぱちりと開く。

「んっ、とーた」

寝ぼけ眼で差し出された両手に誘われ抱き上げた躯が重い。成長、していたのだ。ヴィハーンがだっこできなかった間も、この子は。

「あれ？　ヴィハーン……？　これは、夢……？」

気がつけばシシィもぼーっとヴィハーンを眺めていた。

「いいや」

ヴィハーンは微笑み、シシィの手を取って自分の頬に押しつける。

「えーっと、じゃあ……？」

シシィが不思議そうに首を傾げた時、ロニーとランカーたちがどやどやと階段を下りてきた。

「おっ、シシィだ！　シシィがいる！　おいみんな、シシィが見つかったぞ！」

「うっわ、何この生活感溢れる空間」

「攫われてきた割には随分とのびのび過ごしてたようだなー」

足元をちょろちょろされては危ないからだろう。ランカーの背中や肩の上に乗せられ運ばれてきたちびどもを見たアニクが顔を輝かせる。

「にーた！」

ちびどもも気づいた。

「あにく!?」

「あにくだー！」

しっぽを膨らませるなりランカーたちから飛び降り走ってきたちびどもが、アニクを抱くヴィハーンに群がる。我先に長躯をよじのぼろうとするちびたちを払い除けるわけにもいかず突っ立っているヴィハーンを見たシシィの顔に笑みが浮かんだ。そして——ロニーがいることに気がつくなり、眠たげだった瞳に焦点が結ばれる。

「ロニー！」

魔物の背から滑り降りたシシィはヴィハーンの横を素通りし、ロニーの腕を摑んだ。

「ふぁい!?」

「来てください！」

迷宮石に向かって歩きだしたシシィに引っ張られたロニーが申し訳なさそうにヴィハーンを振り返る。野次馬たちも騒ぎだした。

「えっ、感動の再会は？　ラージャがいるのに、何でロニー⁉」

「おい、こんなんでいいのかよ、ラージャ」

「らーじゃ！　あにく、だっこさせて！　ねえ、きーてる⁉　らーじゃ！　らーじゃってば！　んむっ」

喚くオムの顔を無造作に摑んで黙らせたヴィハーンは、丸っこい耳をぴんと立て、水晶の前に立った二人の会話に耳を澄ました。

「ロニー、これ、何だかわかる？」

シシィが水晶を示すが、探索者ではないロニーにはわからなかったようだ。

「さあ……。何ですか？」

「これね、迷宮石。鉱物みたいだけど、本当は卵なんです」

騒いでいた獣人たちの耳がぴんと立った。賑やかだった空間が急に静かになる。シシィは気づかず話を続けた。

「魔物たちはここから孵る雛のために用意された餌で、暴走《スタンピード》は餌の種を外に播くために引き起こされたんですって」

「それは本当か、シシィちゃん」

我慢できず、口を挟んだのはシンだ。

「え、あの……多分」

戸惑ったように口籠もるシシィに、ヴィハーンは穏やかに先を促す。更にシシィに詰め寄ろうとするシンの肩を押さえながら。

「それで？」

「ええと、それで、もうすぐ卵が孵化するんだけど、雛が出てきちゃったら迷宮内の魔物だけでなく地上の生き物も食べ尽くされかねないらしいんです。でも、雛は地上の世界が好きだから、そんなことしたくないって言っていて」

「え、シシィちゃん、迷宮石と話をしたわけ……？」

誰かが発した問いに、シシィは真剣な顔で頷いた。

「マジかよ……」

「え、これ信じていい話なわけ？」

「でもよう、もし本当ならよう」

ランカーたちの視線が迷宮石へと集束する。ヴィハーンもまた剣の柄に手を掛けた。

ここから生まれる雛が地上に災厄をもたらすというのであれば、孵化する前に迷宮石ごと叩き割ってしまえばいいと思ったのだ。

だが、皆の思惑に気づくなりシシィが両手を広げて迷宮石の前に立ちはだかった。

「だ……駄目っ！」

黒い巨体もシシィの後ろに降ってくる。

「くぅ!?」

躯を低くし、敵意を剝き出しにして唸る魔物に、ちびどもが驚きの声を上げた。ヴィハーンも剣の柄を握る手に力を込める。

本能が警鐘を鳴らすのを感じたのだ。この翼のある砂漠狐に似た巨大な魔物はこれまで遭遇したどの魔物よりも強敵だと。

「僕がちゃんと迷宮石を壊さなくても大丈夫な方法を見つけましたから、殺気を収めてください。要は孵化しないように、雛の成長を止めればいいんです」

「そんなことできんのか？」

シシィが腰を抜かして座り込んでしまっていたロニーへと視線を向けた。

「え……？　な、何？　何で僕を見るんですか……？」

ロニーが大仰にびくつく。シシィはロニーの前にしゃがみ込み、視線を合わせた。

「ロニー、例の魔法を迷宮石に掛けてください」

ヴィハーンには何のことかわからなかったが、ロニーには伝わったらしい。

「えっ、あっ、でも、あれは使えるようになったばかりで、まだそんなことができるかどうかもわからないっていうか」

「ロニー、他に方法はないんです。迷宮石を壊そうとしたら攻撃するって警告されてます」

シシィがそう言ったのと同時に、天井や壁のくぼみで何かが蠢いた。魔物はいないと思っていたが、ヴィハーンにすら気配を感じ取れないほど隠れるのがうまい個体が身を潜めていたようだ。

「それに、雛の成長《迷宮石の時》を止めれば孵化を阻止できるだけでなく、迷宮も枯れずに済みます」

シシィの言葉に、ランカーたちの雰囲気が変わった。

迷宮が手に負えなくなることを恐れ攻略を目指してきたが、迷宮石を抜いてしまえば遠からず迷宮は枯れ、魔物は湧かなくなる。仕方がないこととそこは割り切るつもりでいたが、成長を止めれるならずっと稼げるのだ！

「そういや、アブーワ大迷宮を攻略しちまったら霊薬の素材が手に入らなくなっちまうんだよな。そうなったら大勢の人が今までなら治せた病気で死んじまうようになっちまうのかー」

「七色天道《レインボウ・レイディバグ》も狩れなくなるから、新しい収納の魔法具だって作れなくなる。てことはそのうち空間魔法の使い手を連れて迷宮に行く時代が来んのかもなあ」

ロニーの肩がびくんと跳ねた。また迷宮に来させられてはたまらないと思ったに違いない。

「わっ、わかりました、挑戦してみます。してみますけど！　できなくても怒らないでくださいね……？」

「大丈夫、ロニーならできるって、僕、信じてます」

「あの、できれば信じないで欲しいんですけど……」

「あなたもそれでいいですか？」

何気なく迷宮石の表面に掌を押し当てたシシィの表情がふっと虚《うつ》ろになった。だが、すぐ元に戻る。

「いいみたいです」

誰かが喉を鳴らした。ヴィハーンも眉を顰める。

——別に驚くようなことではない。エドモンも言っていた。イヴは——シシィの母親は、迷宮石に触れ、交感したと。

ともあれ、シシィを見つけるという目的は果たせた。ヴィハーンはランカーたちに向き直り、声を張り上げる。

「皆、聞いてくれ。皆のおかげで無事大迷宮の最下層に達し、シシィとアニクを取り戻すことができた。ありがとう」

仲間たちが頷いた。皆、誇らしげな顔をしている。

「出立についてはまた様子を見て決めるが、ひとまずこれより丸一日を休みとする。皆、しっかり休養を取ってくれ」

傍で聞いていたシシィが、はいっ！と手を挙げた。

「夕食は僕に任せてください。アブーワ大迷宮の初踏破祝いに、ご馳走作ります」

わあっと沸きかけたランカーたちの声はだが、途中で萎んでしまう。

「ご馳走は嬉しいけどよう。俺たちが来た時にはシシィがいたんだ。初踏破っつーのは違うんじゃねーのか」

他のランカーたちもうんうんと頷くが、シシィは首を振った。

「僕は攫われてきただけですから数に入らないです。お夕飯、何が食べたいですか？」

我先にシシィの足にしがみついたのはちびどもだ。

「ししー！　どぅるーぶ、じゃいあんとくらぶのにこみがいーなー！　こくりかのみと、おねぎがはいってるのー！」

「んと、えと、びっぐれっどぼあのまるやき、たべたい……」

「だんじょんろぶすたー！　ふたつにわって、いろんなはっぱのっけた、いーにおいするやつ。あれがくいてー」

さっきとは違う意味でランカーたちが喉を鳴らす。シシィはもうと笑ってちびどもの頭を撫でた。

「はいはい、じゃあ皆、三班に分かれて。シュリアが率いる班は、人数分の迷宮海老《ダンジョンロブスター》を出して、割って、網の上に並べること。そうしたら香辛料と香草を載せて自分で焼けるようにしてあげる。ドウルーブの班は僕が出す大爪蟹《ジャイアントクラブ》を解体して、煮込み用に切り分けて。オムの班には赤大猪《ビッグレッドボア》の下拵《したごしら》えを手伝ってもらおうかな」

「ん！」

さすがの連携の良さで幼な子たちが作業に取りかかる。ランカーたちも負けてはならじと腕まくりした。

「俺たちは竈作りでいいか？」

この一ヶ月で野営に慣らされた彼らは、既に道中拾った手頃な石などを収納の魔法具に溜め込んでいる。

「助かります。あっ、そうだ、あの天幕の中、お風呂になっているんです。水石《アクアロック》と火石《コール》は自前になりますけど、よかったら使ってください」

「風呂⁉　マジか、ありがてえ……っ」

大喜びしたランカーたちが早速順番の取りあいを始めた。

「シシィ、俺は？」

「ええっと――」

掛けられた声に反応してこちらを振り返いたシシィが固まる。

アニクの耳の間を掻いてやっていたヴィハーンは、目を細めた。

「怪我がないようで、よかった」

シシィの唇が震える。

「ヴィハーンも、元気そうでよかったです。でも……お姫さまがいるのにこんなところに来て、いいんですか?」

ダーシャのことなどすっかり忘れていたヴィハーンは肩を竦めた。

「大丈夫だ。魔物を斬って見せたら、あの女は逃げ出した」

「ええ⁉」

「こんな恐ろしい男とつがいになるのは無理だと、もう王都に帰ったらしい。ジュールが石版で知らせてきた。婚約の話もきっとなかったことになっているだろうな」

アニクを片腕で抱き直し、腰のベルトにつけた石版を叩いてみせると、シシィは憤慨した。

「お姫さま、ヴィハーンが強いランカーだから好きになったみたいだったのに」

「聞くと見るでは大違いだったんだろう。念のため言っておくが、あの女には指一本触れていないぞ」

引き連れていたはりぼてのような護衛騎士を見ればわかる。結局あの女が欲しかったのは、ヴィハーンのランカーで公爵という華々しいうわべだけ。ヴィハーンが迷宮で実際にどんなことをしているかなど想像したこともなかったに違いない。

ヴィハーンの何もかもを知って、それでも尚欲してくれたのはシシィだけだ。

「お姫さまに向かってあの女なんて言っちゃいけません」

「そういえば、おまえはあの女を随分気に入っていたらしいな。可愛い可愛いと手放しで褒めていたと聞く。ああいうのが好みなのか？」

「それは、だって」

シシィの顔がいきなりくしゃくしゃになった。

「シシィ？」

「本当に可愛いんだから仕方ないじゃないですか。誰が見たってあのお姫さまは僕の倍も可愛くて、教養も地位もあって……。もし僕があんな風に生まれていたらヴィハーンだって最初から僕のこと、好きになってくれたんだろうなって思ったら……」

ガツンと、不意打ちを喰らわされたような気分になった。

確かに出会った当初、ヴィハーンはシシィを疎んじ冷たく当たった。

もう過去の話だと思っていたが、あの時のことをシシィはまだ忘れられずにいたらしい。

「でも僕、他人を羨むなんてみっともないことしたくないから、だから……」

ああ、そうか。

ヴィハーンはシシィを抱き締めた。

嫉妬しない自分でいようとしたら、ああなってしまったのか。

罪悪感が胸を締めつける。

――生きていてくれればそれでいいと思っていた。だが、今はシシィを誰より幸せにしてやらないことには気が済まない。

羨む必要なんかない、あの時の自分が馬鹿だっただけで、シシィは誰より可愛いし魅力的だ。そう言おうとした矢先、シシィが唐突に話題を変えた。

「ところでヴィハーン。記憶、戻ってますよね？」

ヴィハーンが、固まる。

「いつ戻ったんですか？」

「……『豊穣の家』で過ごしている間に」

ぼそりと明かすと、案の定、シシィは目を見開いた。

「どうして言ってくれなかったんですか⁉」

「それどころではなかったからだ」

ベッドにシシィを押し倒して、後ろから己を埋めて。うなじを甘噛みした刹那、泡が弾けるように記憶が溢れ出した。

あっと思ったが、どうして止まるのと肩越しに涙を湛《たた》えた目を向けられたら、悠長に説明なんかしていられない。

「で、でも……っ」

「中断して説明するべきだったか？」

発情期《ヒート》中にそんな余裕があるわけないことに気がついたのだろう。シシィはしどろもどろになった。

「うっ、それは、無理、です、けど、街に帰る前に一言くらい」

「帰る時には思い出したことを忘れていた。思い出してから二日も経っていたし、その間、色々あったからな」

濃密な三日間のことを思い出したヴィハーンが艶めいた眼差しを向けると、シシィは真っ赤になった。

作業に没頭していたはずのランカーたちが口笛を吹き鳴らす。

「あー、発情期はアルファも大変だからなー」

「凄くよくわかるけどよう。それはないと思うぞ、ラージャ」

「反省している」

「全然反省しているよーに見えねー」

ヴィハーンは目を逸らした。発情期のアルファはオメガのことしか考えられないし、明けてまともに戻ったように見えても頭の中はしばらくの間お花畑のまま。言い忘れるのも仕方ないと正直、ヴィハーンは思っている。

「……もー、いいです。ちゃんとこんな迷宮の底まで迎えに来てくれたし」

「シシィが攻略準備を進めていてくれたおかげだ」

昇降機の建材が揃っていなかったら何倍時間がかかったかわからない。食料や水石や火石といった消耗品、武器なども充分用意してあったから即座に迷宮に潜れた。

「ししー、おはなし、もういい？　おむ、おなかすいた」

茶トラの耳をぺたりと寝かせた幼な子がシシィのズボンを引っ張る。

「わかったわかった。じゃあ、始めようか。ヴィハーン、アニクのこと、お願いしていいですか？」

「任せろ」

ちびどもに囲まれるシシィをヴィハーンはやわらかな気持ちで見送る。

竈がいくつも作られ、迷宮海老がじゅうじゅうと音を立ててかぐわしいにおいを放ち始めた。頭から尻まで串を通した巨大な猪《いのしし》を、ちびどもが交代でぐるぐる回し、炙《あぶ》っている。シシィ特製大爪蟹の煮込みが出来上がれば大宴会の始まりだ。

ちびどもが作る料理も美味かったが、シシィとはやはり比べるべくもなかった。舌鼓《したづつみ》を打ちながらヴィハーンはシシィと情報を交換する。拉致されて砂漠で殺されそうになったという話は本当か、ロニーは一体何の魔法を使おうとしているのか。迷宮石との会話。それから。

「そうか。迷宮石はおまえたちが自分に近しい存在だから攫ったと、そう言ったのか」

「うん。僕、ちょっと心配になっちゃいました。確かに僕が身籠もったのは迷宮の中ですけど、それだけで探し出せるほどアニクって普通の人と違うのかなって。迷宮は異界にあるらしいし、他にもアニクに変な影響が出ていたらどうしよう……」

「大丈夫だ。アニクは普通の子だ。においを嗅げばわかる」

「そうだといいんだけど」

——それから。

こんな迷宮の底までしっかり酒を持ち込んでいたランカーたちはどんちゃん騒ぎを繰り広げ、一人、また一人と潰れていった。生き残った連中も、夜が更けると三々五々天幕の中——迷宮石のある広大な空間は、宴会を始める前にランカーたちが張った天幕だらけになっていた——に消えてゆく。ヴィハーンはあちこちで力尽きたちびどもを回収すると、大きな天幕の中に寝かせてやった。アニクはとっくに夢の中。シシィも久し振りに大勢の料理を作って疲れたのだろう。天幕に入るとすぐに寝息を立て始める。

出産してからシシィの眠りは浅く、ちょっとの物音でもすぐ目を覚ます。

ヴィハーンは長靴《ブーツ》を脱ぐと、獣人特有のしなやかな身のこなしで音もなく天幕を抜け出し、迷宮石に歩み寄った。

念のため、丸っこい耳をぴんと立てて気配を探ってみる。誰も起きていないと確信すると、ヴィハーンはしっぽを一振りし、迷宮石の表面に掌を押し当てた。

◆　◆　◆

ヴィハーンは広大な洞窟の中にいた。シシィは迷宮石のある位置に女がいると言っていたが、何もない。

ヴィハーンはしばらくの間、耳をあちらこちらと向けていたが、やがて洞窟の端へと目を遣った。シシィによく似た女が巨大な石筍の後ろからこっそり覗いている。多分、あれが迷宮石だ。髪と目の色から察するに、シシィの母親、イヴの姿を借りている。

「なぜそんな遠くにいる」

女は顔を顰めた。

「怖いからよ。あなたが傍にいると躯が竦むの。あなた、一体どれだけ私の同種を殺してきたの？」

ヴィハーンはその場に胡座を掻く。

「では、ここで話そう」

膚がぴりぴりするのは恐らくこの夢を支配しているのが迷宮石だからだろう。彼女の警戒心が反映されているのだ。

「まずは礼を言う。ありがとう。おまえがいなければ、シシィは生まれる前に死ぬ運命だったと聞いた」

がらんとした空間にヴィハーンの声が響くと、女はきょとんとした。

「それは、どうも……？」

「なぜそんな顔をする」

「だってそれはそういう取り決めだったから。あの子を助けたら彼女が私を受け入れ、外へ連れて行ってくれるっていう」

「欠片を食べたという、あれか。あれはそんなにおまえにとって大事なことだったのか？」

厭そうに肩を竦めた女の仕草は、幻に過ぎないとは思えないほど人間めいていた。

「あなただって何十年も身動き一つできないまま閉じ込められたらわかるわ」

卵の中で孵化する時を待つ雛に意識などないものだと思っていた。

母親の腹の中にいた頃のことを覚えているという者が稀《まれ》にいるが、皆、忘れてしまうだけで生まれる前から意識があるものなのだろうか。それともこの女が特別なのだろうか。

――いずれにせよ知る術はない。

「今、迷宮石の時を止めようとロニーが頑張っている。成功したらおまえは永遠にここにいることになるが、いいのか？」

女は艶やかに笑う。

「それは平気。私の欠片がくぅの中にあるもの。おかげで私《本体》は眠っていても、外で色んなものを見たり食べたり感じたりできるの」

どうやらシシィが見つけたのが本当に最適解だったらしい。

「おまえはシシィを最も近しい存在だから攫ったと言ったそうだな」

「ええ」

「近しいというのは、迷宮《ダンジョン》内でアニクを孕んだことを指しているのか？」

女は澄ました顔で答えた。

「いいえ」

「シシィはそうだと思っていたが」

「そうみたいね。別に嘘なんかついてないわよ。否定しなかっただけで」

説明するのが面倒だっただけか、真実を知ることによってシシィが受ける衝撃を慮《おもんぱか》ったのかはわからないが、この返答にヴィハーンは確信する。

「本当はシシィの中におまえの欠片があるから『近しい』と表現したのだな？」

「そうよ」

立っているのに疲れたのか、女も地面に座り込み、石筍に背を預けた。普通の女のように慎み深く長衣の裾を引っ張り、足を隠す。

「おまえはシシィのこともくぅのように操れるのか？」

「できるけど、しないわ。イヴはあの子に『普通』であることを望んでいたから」

「普通？　おまえにとって普通とは何だ？」

「人間らしく生きて死ぬこと」

「もしイヴがそう望まなかったら、おまえはシシィをどうしていたと思う？」

「まず、毒も呪いも受けつけないようにしたわね。強い方が面倒がなくていいから、力も俊敏性もあなた以上にしたかも。老化は最も肉体的に盛んな時で止めて、どんな傷もたちどころに治して残さない。だって綺麗な方がいいでしょう？」

ヴィハーンは秘かに息を詰めた。

迷宮石にはそんなことまでできるのか。だが、もしそれが本当なら。

「それだけのことができたのに、なぜイヴを死なせた。地上を見たいという目的を果たすには、赤ん坊のシシィよりイヴの方が都合がいいはず。イヴとも『普通』の取り決めをしていたのか？」

「ううん。何の取り決めもしていなかったわ。でも一度暴漢に襲われた時に、馬鹿な真似ができないよう相手の手足をちぎってあげたら、勝手なことをしないでと言われたから」

ヴィハーンは耳を疑った。

「——おまえはその言葉に従い、やろうと思えば救えたイヴを死なせたのか」

「そうよ。何かおかしい？」

「……いや」

寒気のようなものを感じ、ヴィハーンは腕を擦った。

人のような姿を取り人のように喋って見せるからつい人を相手にしているような気分になってしまっていたが、やはり魔物、この女は人の心を理解できていない。地上の世界が『好き』だと言ったのも恐らくは自分たちが思うような感情を抱いているわけではなく、快不快を表現しただけのことだ。

だが、別にかまわない。それならそれを計算に入れておけばいいだけのことだ。それにシシィと一緒にいればこの女もいつか本当の意味で地上を『好き』になるかもしれない。少なくともヴィハーンの場合、シシィの隣で見る世界は格別に鮮やかだ。

なすべきことはわかっていた。

「おまえと取引したい」

ヴィハーンが切り出すと、女は戸惑いを見せた。

「あなたが？　私と？　どんな取引をするというの？」

「くぅは魔物だ。これまではシシィとアニクの保護下にあったから誰も手を出さなかったが、普通なら見つかり次第狩られ、美味い飯や風呂を楽しむことはできない。だが、俺の望みを叶えるなら、アブーワ公爵家がおまえを保護しよう。朝食は紅苔桃の砂糖煮を添えたアブーワ一のパンケーキ、昼食や夕食だって庶民にはとても口にできない美食を、特別な日にはどこの王侯貴族だって叶わないご馳走を食わせてやる」

ごくりと女の喉が鳴った。

「毎日気が済むまでブラッシングもしてやるし、公爵家には『豊穣の家』にあったのとは比べものにならないほど寝心地のいいベッドもあるが、どうだ？」

「取引の条件は何？」

食い気味に問う女にヴィハーンは両手を広げて見せる。

「シシィだ。普段は『普通』でいい。だが、孕んだら、医師が不審に思わない程度に手助けしてやってくれ。シシィも子もつらい目に遭わせるな」

　交わった後、シシィはよく愛おしげに腹を撫でる。本人は意識していないらしく、ヴィハーンが真似るときょとんとするが、多分シシィは次の子を欲しているのだ。あるいはなかなか第二子ができないことを気にしている。オメガは普通、子を産むために娶られるものだからだ。

　――あれは真面目だからな。もっと権力を鼻に掛けてうんと高慢に振る舞って、余計なことを言ってくる貴族たちなど蹴散らしてやってもいいのに。

　もっとも、そこでしないのがシシィなのだが。

　ヴィハーンが提示した条件に意外そうな顔をした女は、爬虫類《はちゆうるい》めいた動きで頭を傾けた。

「そんなことでいいの？」

「ああ。それだけでいい」

　他の望みは自力で叶える。

「じゃあね、私、地上に戻ったら食べたいものがあるの――」

　女が楽しげに屋敷に戻った時の希望を並べ立てるのに相槌を打ちつつ、ヴィハーンはふと考える。なぜ迷宮石はイヴの姿を象《かたど》ったのだろう。理由などないのだろうか。それともイヴに愛着を抱いているがゆえなのだろうか。

　後者ならいいと、ヴィハーンはシシィのために思った。ヴィハーンはあまり死について考えたりしない男だが、エドモンを見て、その人の生の重さは死後どれだけの人に思いを寄せてもらえるかによって量れるのかもしれないと思ったのだ。

　自分が死んだ後のことはどうでもいいが、イヴやシシィはたくさんの人に覚えていてもらいたい。

迷宮の底、地上とは位相の違う異界で、夜が更けてゆく。

♪　♪　♪

ヴィハーンたちが最下層に到達してから三日。ロニーはまだ迷宮石に魔法を掛けられていなかった。

うんうん唸っているロニーを、たっぷり食べて眠り風呂にも入ってつやつやになった挙げ句暇を持て余し始めた探索者《シーカー》たちが囲み、からかう。

「おいおい、例の魔法とやらはまだ成功しないのかよ、ぼーず」

「俺たちみんな、おまえの魔法待ちなんだぜ？」

「戦闘では全然役に立たなかったんだからよー、頑張れよー」

分厚い筋肉を纏った偉丈夫《いじょうぶ》たちに弄られているロニーの顔色は最悪だ。言い返したりしないのは気弱なせいもあるが、既に学習済みだからだ。相手をしたら余計弄られることになると。

ひたすらに我慢しているとドゥルーブたちが気がついて駆けつけてくれた。

「あっ、しん！　ろにー、いじめちゃ、めー！」

「虐《いじ》めてなんかいねえよ。はっぱ掛けてるだけだろーが」

「は―――」

逃げたい。

「何だ、溜息なんかついて」

やっと静かになったと思ったのに、今度はヴィハーンがやってきた。

「僕、この魔法を全然使いこなせてないんです。生き物に掛けろって言われてもいつ成功するか、そもそも成功するかどうか、わかりません」

二人の前では探索者たちが練習用として生け捕りにしてきてくれた魔物が蜘蛛の糸でぐるぐる巻きにされ、びたんびたん暴れている。

「あまり焦るな」

「でも、領主さまも早くお屋敷に帰りたいですよね？」

帰ってきた沈黙が答えだった。皆、心の中では早く魔法掛けろよと思っているのだ！

「ごめんなさい、頑張ります……」

そう言ってはみたものの、いったいどうしたら魔法が掛かるのか見当もつかない。あんまり考えすぎて、今までどうやって魔法を使ってきたのかさえわからなくなってきた。

悄然《しょうぜん》とするロニーを哀れに思ったのか、ヴィハーンが不器用に慰めてくれる。

「今日はもうやめて、休め。一旦時間魔法のことは忘れてアニクと遊ぶか、シシィの料理を手伝うかした方がいい」

「でも、早く魔法を成功させないと、皆がここに引き留められることになりますし」

「どうせあと五日は出発できない」

「――え？」

「多分、明後日くらいから音や気配を遮断する結界を張ってもらうことになる。明日も休んで魔力を温存しろ」

ロニーは俯けていた顔を上げ、高い位置にあるヴィハーンの顔を見上げた。気を使ってくれたのかと思ったけれど、違う。これは。

「もしかして——シシィさまが発情期《ヒート》になりそうなんですか？」

ヴィハーンの口角が上がった。

「——一度頭をからっぽにしたら、案外あっさり成功するかもしれんぞ」

つまり、そういうことなのだ。

大きなテーブルの前にいるシシィは紅苔桃のパイを焼こうとしていたようだが、手が止まっている。ぼおっとした顔をしているところを見ると、発情期の前症状が始まっているのだろう。

そうとわかったら、気が抜けた。

「そ、そっか……じゃあ、お言葉に甘えてアニクちゃんに遊んでもらおうかな……？」

発情期が来るのはシシィがオメガである以上仕方のないことであるし、ここには勝手に魔物が入ってこない。最下層にいるうちに来てくれてよかったのだと思うけれど。

——僕が張った結界の中でシシィさまと領主さまが、むにゃむにゃ、するのかあ……。

何か、生々しい。

真っ赤になって頭を抱えるロニーの前で、ぐるぐる巻きの魔物がくおおと吠える。

◇　◇　◇

焼き菓子を夢中で齧《かじ》っているくぅにこっそり魔法を掛けようと試みる。

「……！」

でも、うまくいかない。それはそうだ。地上でも一度も成功しなかったのにいきなりうまくいくわけない。

皆に教えるわけにはいかないが、シシィも時間魔法を使える。ロニー以上に使いこなせていないけれど、素養があるなら努力くらいはするべきであろう――と思いこっそり頑張ってみたのだけれど、成功する気配すらない。

「飽きた……」

なぜだろう。今日は何をする気にもなれない。

思いきり伸びをし仰向けに倒れると、口の周りを焼き菓子の欠片だらけにしたくぅが寄ってきた。

「くー」

首筋のにおいをふんふん嗅ぐ鼻先がくすぐったい。クスクス笑っていると、ヴィハーンが来て、くぅの襟首を摘まみ上げた。

「シン。こいつを連れていけ。またシシィに近づこうとしたら叩っ斬ってもかまわん」

「相変わらずシシィのこととなると心が狭いな」

過激なことを言うヴィハーンに呆れつつ、シンがじたばたするくぅをぶら下げていく。

「？」

起き上がったシシィは周囲を見回し、探索者たちの様子がおかしいことに気づいた。上を向いたり下を向いたり、落ち着きがない。アニクと遊んでくれている弟たちも耳をピクピクさせている。

「そろそろのようだな」

まだシシィを見ていたらしいヴィハーンが呟く。シシィは首を捻った。

「そろそろ？　何かあるんですか？」

ヴィハーンは返事をしない。その代わりに、弟たちへ指示し始める。

「皆、アニクを頼む。ミルクやおしめは確保してあるな？」

「らいじょーぶっ」

「ロニーは一緒に来い」

顎をしゃくったヴィハーンにいきなり横抱きにされ、シシィはひゃあと悲鳴を上げた。

「な、何ですか……？　皆、見ているのに……」

「あれは置物だ。気にする必要はない」

「ラージャ、ひでえ」

ヴィハーンが歩きだすと、居心地悪そうな顔をしたロニーもひょこひょこついてくる。壁の一際大きな窪み——ちょっとした洞窟のようだ——の中で下ろされたシシィは、そんなつもりなどなかったのにそのままへたへたと座り込んでしまい、首を傾げた。

あれ……？　頭がぼーっとする……。この雲の上を歩いているみたいに足下がふわふわしておぼつかない感じは……？

「あ……発情期《ヒート》……？」

「今気づいたのか」

「だからみんな挙動不審だったんですね。くぅが寄ってきたのもそういうことだったんだ……」

くぅに普通の魔物のように襲いかかろうとする様子はなかったけれど、ヴィハーンが神経質になるのも無理はない。

「最悪だ……僕だけ何にも気づかないで、のんきににおいを振りまいて……」

「気にするな。ロニー、ここに結界を張れ。中が見えないようにできるか？　においと音も遮断しろ」

「はひっ、がっ、頑張ります……」

早くも顔を赤くしたロニーはシシィを見ようとしない。下を向いたまま両手を翳す。すると窪みの入り口が乳白色の膜のようなもので塞がれた。念のためだとヴィハーンが更に天幕を張り始める。

「ヴィハーン？　その天幕って、何のために張ってるんですか？」

「つがいで籠もるために決まっている」

「皆、いるのにするんですか⁉」

「我慢できるのか？」

シシィは黙り込んだ。無理かもしれない。

「ロニーに魔法具を開発させようとしていたくらいだ、攻略中に発情期になる可能性におまえも気づいていたのだろう？　どうやって過ごすかについては考えていなかったのか？」

魔法具のことは秘密にしていたのに、どうしてそんなことまで知っているんだろう！

「うまくいかなかったから、そこまで考えなかったんです。参加を見送るんなら考えても仕方ないでしょう?」

「何だと?」

作業を続けていたヴィハーンが振り返った。険しい表情に、シシィは失言を悟る。

「一緒に攻略しようと言っただろう。それなのにおまえは行かないつもりだったのか?」

「だ、だって——」

何がいけないというのだろう。オメガのにおいは魔物をおびき寄せる。攻略作戦に加わりたいのはやまやまだけど、皆に迷惑を掛けるわけにはいかない。空間魔法の使い手がいれば行けるけど、皆、人間不信気味だから、ちょっと無神経なところがあるランカーたちと長期間行動を共にするのは無理だろうし、ロニーには——と考え、シシィは気がつく。

そうだ、ロニー! どうして迷宮《ダンジョン》行きを断固拒否したロニーがいるんだろうと思っていたけれど、もしかしてヴィハーンが僕のために連れてきたの⁉

シシィは愕然とした。

怖がりのロニーが厭がらなかったわけがない。強引に連れてくるなんてよくないって怒るべきなんだろうけど。

——この人が無茶をしたのは、僕のためだ……。

においが、強くなる。

怒らなければならないのに、嬉しくて。何より自分を優先してくれるこの人への、好きって気持ちが溢れてしまって。

「ヴィハーン」

唇から零れ落ちた声は、自分でもそうとわかるくらい濡れていた。

どうしよ。

ヴィハーンに犯されたくて、子宮がきゅんきゅん疼く。

蜜腺からとろり、とろり。愛液が溢れだして。

自分がオメガで、アルファに抱かれるための存在なのだと強く感じる。

「くそ……っ。話の続きは後だ」

いきなり吠えたヴィハーンに、まだちゃんと張れていない天幕の中に引っ張り込まれた。

すんと鼻を鳴らされる。ヴィハーンに自分が放ったえっちなにおいを嗅がれていると思うと、ますます淫靡《いんび》な気分になった。

「ん、ふ……」

キスしながら押し倒されて、くちゅりと淫猥な音を立てるくらいぬかるんだ後ろの孔を探られる。

ぬめりを塗り広げるように指を動かされると、ソコが物欲しげに蠢動《しゅんどう》した。

シシィは太腿の内側をヴィハーンの腰に擦り寄せる。

気持ちいい。

結界の外には探索者たちがいるはずなのに天幕の中は静かで、ヴィハーンの指に絡みついた愛液が立てるにちゅにちゅという淫《みだ》らな音ばかりがやけに耳につく。

「あ……っ、は……。ヴィハーン……」

躯が熱い。もうあそこにヴィハーンをくわえ込むことしか考えられない。ちょうだいとあられもなくねだってしまいそうになったけれど、危ういところでシシィは思い出した。結界の外には皆がいるということを。

――音も遮断しろって指示してたけど、本当に遮断できてるのかな。

「ん、んん……っ」

もしロニーが結界魔法に失敗していたらと思うとドキドキする。シシィは一生懸命声を殺そうとした。それに気づいたらしいヴィハーンが眉を上げ、イイところをぐっと押し込む。

「やぅ……っ」

下肢が痙攣した。

今の凄く悦《よ》かった……けど、酷い。

「ああそういえば、俺も迷宮石と話をしたぞ」

シシィははふはふと必死に息をしながら、潤んだ瞳でヴィハーンを見上げた。

「迷宮石、と……？　いつの間に？　何を話したんですか……？」

「ここに棲息する魔物についてだ。男オメガでも楽に子を産めるようになる薬を作れないかと思ってな」

第二子出産への懸念についても秘密にしているつもりだったシシィは狼狽える。

「そんな都合のいい薬、あるわけ、ないです……っ」

「何を言っている。ここは迷宮。これまでにも奇跡のような効果を持つ品々が産出されてきた異界だぞ」

シシィは固まった。そうだ。ここは常識では測れない地だった。ということはまさか。

「帰り道すがら薬の材料を揃える。これで心置きなく子作りできるぞ」

別に薬なんかなくても、産むつもりでいたけれど。

「――ヴィハーン……！」

シシィは目の前の男を力いっぱい抱き締めた。

嵐が去った後のように、晴れやかな気分だ。

「どうした。そんなに次の子を孕むのが怖かったのか？」

的外れな言葉に、シシィは微笑む。

「いいえ。――ううん、確かにヴィハーンに愛されるたび、覚悟を決めていたようなところはありましたけど、今はただ、嬉しくて」

「嬉しい？」

「ヴィハーンていつも僕の望むことを、僕が言う前に気がついて叶えてくれますよね？　それってすごーく僕を好きじゃないとできないことじゃないかなって思って」

シシィは孤児だ。いつも下にはやっぱり拾われてきた幼い弟たちがたくさんいて、誰かの愛情を独り占めできたことなどない。

ないものねだりなどすまいと思っていても、親といる子を見るたびにちりちりと胸が騒ぐ。

僕もあんな風に愛されたい。

誰かの特別な存在になって、厭というほどかまわれたい。

大人になったらそんなことは考えなくなるんだろうと思っていたけれど、全然そんなことはなかった。羨んでも仕方がない、親にさえ愛されなかった孤児の価値などこんなものなのだからと、諦めることを覚えただけ。

でも、ヴィハーンといると、確かに感じることができる。僕はこの人の中の一番の席《王座》に座らせてもらえているのだと。

——ありがとう。僕は普通の子のように、お父さんやお母さんの一番にはしてもらえなかったけれど、あなたのおかげで誰かの一番でいるっていうのがどんな感じなのか知ることができたよ。

この人はいつも僕のことを一番に考えてくれる。この人が大事にしてくれたおかげで僕は、特別なところなんか何もないありふれたつまらない存在から脱却できた。

この人とキスするたびに思う。この人の運命のつがいでよかったと。

ヴィハーンは無言でシシィを見下ろしている。

「ヴィハーン？　僕、何か間違ってます？」

「……いや。ご褒美を堪能していた」

「ご褒美？」

「おまえの笑顔だ」

「もう……」

あぐ、と目の前の肩を甘嚙みすると、ヴィハーンがくっと笑って指を抜いた。

「ずっとそうやって笑っていろ」

太くて熱いものに蕾を押し広げられる。

「ん、あ……」

シシィは手の甲で口元を塞いだ。

「は……、あ、待って、ヴィハーン、おっき……っ」

ヴィハーンが獣人の中でも長躯を誇るのに対し、シシィはただの人で小柄だ。発情期とはいえ、ヴィハーンのモノを受け入れるのはちょっと厳しい。

小さな声で訴えると、ヴィハーンは途中で動きを止めた。

「慣らしが足りなかったか」

「だい、じょぶ。ひーと、だし、ちょっと待ってくれれば、入るように、なるから……」

「ん」

あんまりにも大きなモノにびっくりして硬くなってしまった肉が緩むのを待ちながら、シシィはどこもかしこも恐ろしげなヴィハーンの、ここばかりは可愛らしい丸っこい耳の後ろを掻いてやる。

いつものことながらこんなに大きなモノが自分の腹の中に収まるなんて不思議だ。慣れさえすればあんなに気持ちいいのに、時々こうやって苦労することになるのも。

——あ、でも、前回の発情期からシてなかったから、そのせいかも。

ヴィハーンは頭《こうべ》を垂れ、じっとしている。

シシィの乱れた胸元にぽたりと汗が落ちて弾けた。

ヴィハーンのモノを半ばまでくわえ込んでいる場所が熱い。

ふと思いつき、シシィはヴィハーンのろくに手入れをされていなかったせいでぼさついた前髪を掻き上げた。

血色の瞳が劣情に爛々と光っている。まるで凶暴な魔物のように。

——頭からばりばりと食べられちゃいそうだ……。

もぞりと腰を捩り、シシィは頃合いを計った。

――そろそろ、いいかな。

ちょっと動いただけでじんじんする。もう一度、最終確認のため腰の角度を変えると、視界の端にヴィハーンの指が敷布に食い込むのが見えた。

は、は、と吐かれる息に膚が火照《ほて》る。

我慢しているのだ。シシィが欲しくて欲しくてたまらないのに。

充分潤っていたはずの奥にまたじゅんと蜜が湧いた。

欲しい。

――もっと僕を見て。もっと僕を愛して。

「ヴィハーン、いいよ。奥までゆっくり来て」

熱の塊が更に深く押し込まれる感覚に、シシィは陶然《とうぜん》となった。これ以上ないくらいヴィハーンを近くに感じる。僕の一番。僕のアルファ。

……この人と一生一緒にいたい。

「……動くぞ」

「ん、して。いっぱい、愛して」

オメガの本能に命じられるまま、シシィは己を解放した。ヴィハーンを求め、淫猥に腰をくねらせる。

あ……、きもち、い……。

「……っ、シシィ、シシィ……っ、ヴィヴィアン……愛してる。おまえだけだ。おまえだけ……」

淫らな熱に浮かされながら、シシィは微笑んだ。

「僕もです」

発情期は三日続く。この身の裡《うち》に満ちる愛と感謝を伝える時間は充分ある。気が済むまで、済んでも愛を交わして、キスして、飢えを満たして。この幸福が赤ちゃんに結実したなら、何て素敵なことだろう。

◇　◇　◇

アブーワと違い、王都は緑豊かな森と丘に囲まれていた。中央に聳え建つ王城と、少し南よりにある、王城ほどの高さはないが広大な敷地を擁する大神殿が印象的だ。

一台の馬車が大神殿目掛け走ってゆく。

建物の正面で停まった馬車からまず、獣人の男が降りてきた。名のある武人のように隙のない身のこなしが目を引くその男は、馬車を回り込むと長躯を折り、反対側の扉を開けた。まず二歳ほどの幼な子を石畳の上へと下ろしてやり、生まれたばかりの赤子を受け取る。大事そうに赤子を片腕に抱き直した男は、空いている方の手を馬車の中へと差し伸べた。小柄な青年が男の手を取り降りてきて、噴水のある広大な広場と神々の像で飾られた建物を見渡す。

「ここは、どこですか？」

「大神殿だ」

それだけ言うと、獣人は赤子を抱いたまま建物の入り口へと歩きだした。青年も幼な子と手を繋ぎ、のんびりと後を追う。

中に入ろうとすると、来訪者の対応をしていた神職に何用かと問われた。獣人がユーニスに会いに来たと言うと、神職がなぜか怒りだす。

「駄目だ駄目だ。ユーニスさまは特別なお方、大神官の許しがなければ、お会いすることなど――」

声が聞こえたのだろう。巫女が奥から出てきて神職を叱りつけた。

「黙りなさい。この方を何と心得ます！　申し訳ありません、公爵さま。お待ちしておりました、どうぞこちらへ」

「うむ。アニク、シシィ、大丈夫か?」

大きな声を出す神職と巫女に固まってしまっていたアニクをシシィが抱き上げる。

「大丈夫。ちょっとびっくりしちゃっただけです。ヴィハーンはユーニスさまって方に会うためここに来たんですか?」

「そうだ」

頷き巫女に向き直ったところでヴィハーンの動きが止まった。巫女がシシィを見つめ、涙ぐんでいたからだ。

「何か」

「ああ、申し訳ありません。あまりにもイヴさまにそっくりでいらっしゃるものですから……。では、ご案内申し上げます」

「イヴ、さま?」

シシィはまた首を傾げる。シシィはヴィハーンがここに何をしに来たのか知らない。いきなり王都に行こうと言われ、子供たち——イシャンは半年前に生まれた。アニクを産んだ時が嘘のような安産で、一週間も経たないうちにシシィは床上げしてこれまで通りの生活を送れるようになった——と一緒に馬車に乗せられてきたのだ。

巫女に連れられ、大神殿の奥へと向かう。広大な敷地の中には神事のためのあれこれだけでなく、神職たちの宿舎や緑豊かな中庭などもあり、絶えず神職や巫女が行き交っていた。そのうち、一定の年齢以上の者たちが自分を見ると一様にびっくりしたような顔をすることに気がつき、シシィは更に首を捻る。一体何だっていうのだろう。

やがて大神殿の最奥、聖職者の中でも身分の高い人が住んでいるらしい区画に到達したシシィたちは一つの立派な門の中に招き入れられた。大神殿の中だというのに、花の咲き乱れる庭があり、その向こうに一軒家が建っている。家の前には五人の男女がいた。ヴィハーンを待っていたらしい。

シシィを見るなり老婆が顔をくしゃくしゃにして泣きだす。

「ああ、イヴ……！」

「あの、こんにちは。その、大丈夫ですか……？」

腰まで伸ばした卵色の髪を一つに編んだ女性が苦笑した。

「すまない、びっくりしただろう？　私はイヴの姉、君の叔母にあたる、グウィネスという。初めまして、ヴィヴィアン」

媚びたところが欠片もない凛《りん》とした声音が気持ちいい。だが、今はそれよりも。

「僕の、叔母？　え、イヴという人が僕のお母さんなんですか？」

グヴィネスと名乗った女性の視線が揺れた。

「公爵殿？」

「ここでまとめて説明するつもりで、シシィにはまだ何も話していない」

酷い大雑把さに、グヴィネスの薄く皺の刻まれた口元に苦笑が浮かぶ。

「これはサプライズというわけか。まあいい。入ってくれ」

泣いている老婆をいたわりつつ、グヴィネスがシシィたちを家の中へ案内する。五人とも足首まである簡素な服を着ているから神職にあるのだろう。家の中も神殿っぽいことを予想していたのだが、違った。各所に据えられた家具は上等ではあるがごくありふれたもので、何世代もの間大事に使い込まれてきた証しに飴色《あめいろ》の艶を放っている。応接間の暖炉の上には鳥の羽根や木の枝を紐で編んだ魔除けが掛かっていた。辺境の村で子供が作るような不格好な代物だが、随分と長く下げられているらしく煤《すす》けている。どうやらこの家で暮らす人々は贅沢を好まずものを大切にしているようだ。

ソファを勧められたシシィがヴィハーンの隣に座ると、アニクもどこか張り詰めた空気を感じてか神妙な顔をしてヴィハーンの反対側の席によじ登り、ちんまりと座った。イシャンはシシィの隣の席に寝かせられもぞもぞしている。

皆が尻を落ち着けるとお茶が配られ自己紹介が始まった。彼らはみんなシシィの家族らしかった。

——この人が僕のおばあちゃん？　それからおじいちゃんに、二人目の叔母さんに、その旦那さん……？

シシィはふわふわとした、地に足が着かないような変な気分になった。もし自分にも家族がいていつか会えることがあったら喜びのあまり泣いてしまうだろうと思っていたのに、あんまりびっくりしたせいか現実感がない。

あたたかいリラ茶で唇を湿したグウィネスが切りだす。

「随分と遅くなってしまったが、会えて嬉しいよ、ヴィヴィアン。それで、イヴは一緒ではないのかい？」

「えっと……」

口籠もるシシィの横でヴィハーンが答えた。

「イヴは十九年前にアブーワで亡くなっている。当時一歳にもなっていなかったシシィはラーヒズヤ卿によって育てられた」

「ラーヒズヤ卿とは、探索者《シーカー》のラーヒズヤ卿のこと？　なぜイヴはアブーワに行ったの？」

「ラーヒズヤ卿がヴィヴィアンを育てることになったのはなぜだ？　私たちのところに連れてきてくれたらよかったのに」

ヴィハーンは言葉を飾らない。

「イヴは恋人を殺させたのはあなた方ではないかと疑っていた」

「何だって」

騒然とするグウィネスたちに、シシィはおずおずと尋ねる。

「僕のお父さんは殺されたんですか？」

「ええ。でも、私たちがそうさせたわけではないの。王族に、あの子を望んでいた人がいたのよ」

泣いていた老婆が答える。彼女こそが祖母であるユーニスだ。この家の家長は彼女らしい。家族に男性がいるのに女性が家長を務めているのはジャジャラディ王国では極めて珍しい。

「私たち、犯人を突き止めて王族に抗議したのよ？　ちゃんと報いを受けさせなければ、一族郎党引き連れて国を出るって言って。ジャジャラディ王国が揺れる大騒動になったのに、あの子ったらどうしてそんな誤解をしていたのかしら」

これにもヴィハーンはすらすらと答えた。

「大騒動といっても、それは国の上層部内でのことで外にはほとんど知られていない。王族からすれば醜聞、民草に知られずに済めばそれに越したことはないからな。イヴ自身、当時は出産準備や迷宮探索に忙しく、遠い王都で何が起こっているかなど埒外《らちがい》だったのだろう」

「お母さんも、探索者だったんだ……」

ぼんやりとしていた『お母さん像』に色がつく。もし生きていてくれたなら、ヴィハーンのように迷宮《ダンジョン》についてあれこれ教えてくれたのだろうかと思った途端、胸に刺すような痛みが走った。

グウィネスたちは驚いているようだ。

「まあ、あの子、探索者になったの？　戦ったことなんてない子なのに」

「回復魔法の使い手が加わったおかげで、パーティーは随分と助かったと聞いている。イヴもヴィヴィアンを無事出産するための方策を得た」

「まあ……！」

ユーニスがまたほろほろと涙を流す。

先刻からそわそわしていたアニクがソファから滑り降り、テーブルを回り込んだ。そおっと卵色の髪に触れる。

いい子いい子とユーニスの頭を撫でるアニクを見て、シシィは気づいた。アニクは自分が泣いた時にシシィにしてもらったことを真似ているのだ。

「ありがとう、いい子ねえ……！」

「そうだ！」

祖父が急に立ち上がり、部屋を出ていったと思ったらすぐ戻ってきた。

「これ、よかったら、イシャンくんに使ってくれ。昔、君のために用意したものだ」

テーブルの上に広げられたのは、赤ん坊の産着《うぶぎ》だった。披露目用のものなのか、真っ白な生地には同じ白の絹糸で見事な刺繍《ししゅう》が刺されている。

「大神官に祈禱《きとう》してもらっているから、呪いの類いから守ってくれるはずだよ」

またちくりと胸が痛む。

「私たちね、あなたが生まれてくるのを本当に楽しみにしていたの。ちょっと遅くなってしまったけど、会えて嬉しいわ」

胸を押さえたシシィにユーニスが微笑む。彼女の眼差しは慈愛に満ち、心からこの邂逅《かいこう》を喜んでいるのがよくわかった。

――そっか。僕はちゃんと望まれて生まれた子だったんだ。

もし何事もなかったら、シシィはここで生まれた。この人たちに愛情を注がれ、普通の子のように育つことができた。自分にはちゃんと家族がいて、自分の誕生は待ち望まれていたのだ。

シシィの中で何かが決壊する。

目の奥が熱い。視界がぼやける。胸が痛くて死にそうだ。

「あら、まあ、ヴィヴィアン？」

いきなりぽろぽろと涙を零し始めたシシィに、皆が腰を浮かした。

泣いたりしたら駄目、ほら皆が困ってると思うのに、涙が止まらない。

嗚咽まで漏れそうになり、シシィは強く口元を押さえる。

「かあしゃ？」

ユーニスを慰めていたアニクが慌てて戻ってきて、シシィの膝の上によじ登った。ぺそりと耳を寝かせたアニクのちっちゃな手でいい子いい子されたらますます涙が込み上げてきて。

「あり、がと」

シシィはアニクを抱き締める。

◇　◇　◇

空が赤く染まり始めるとシシィは大神殿を辞した。泊まってゆくよう勧められたけれど、公爵家は王都にも屋敷を持っている。今日行くと連絡してあるから、滅多にアブーワに帰ってこない義母や、暴走《スタンピード》以後王都に滞在し続けているルドラの妻やチャリタがシシィたちを待っているに違いない。行かなければがっかりすることだろう。

「あの、ありがとう、ヴィハーン。僕を家族に会わせてくれて」

馬車に揺られるシシィの目は泣き腫れ赤くなっていた。

「いい家族で、よかったな」

ヴィハーンの膝の上ではイシャンが眠っている。寒いといけないと、小さな躯の上には貰ったばかりの産着が掛けてあった。

「はい。でも、正式な手続きまで踏む必要なんてあるんでしょうか。僕は皆と会えただけで充分なんですけど」

王都にいる間にヴィハーンはシシィがイヴの子であることを書面にして、大神殿と国に届け出るつもりらしい。シシィとしては彼らとの関係から何を得るつもりもない。手間暇掛けてそこまでしなくてもと思ったのだけど、ヴィハーンの意見は違うようだった。

「シシィ。おまえは稀少な空間魔法の使い手だが、おまえの一族の者はもっと珍しい回復魔法の使い手だ」

「え、そうなんですか？」

「そうだ。もしアニクやイシャンにもそういった稀少な能力が発現したら、皆がおまえたちを欲しがる。必ず稀少な魔法の使い手が生まれる血筋など他にないからな。だが、ユーニスの孫であれば国を挙げて守ってもらえる」

シシィにはうまく理解できない。

「ユーニスおばあさまって、そんなに偉い人なんですか？」

「おまえの一族は代々大神殿に囲い込まれ、王族や高位貴族のために回復魔法を使ってきた。この国の上層部は風邪を引いても毒を盛られてもすぐ楽にしてもらえることに慣れきっていて、もはや彼らなしではいられない。イヴの恋人の件でユーニスたちが国を出ようとした時、王自ら頭を下げて引き留めたくらいだ。問題の王子にも、王族には異例の厳しい罰が下されている」

胃がひっくり返ったような気がした。

「王さまが頭を下げたって……それって凄いこと、ですよね……？」

「ああ。イヴの一件以来、王族も大神殿もユーニスの一族には頭が上がらない。もし、おまえがこの家の生まれだと知っていたら、第四王女はアブーワに来さえしなかっただろう。貴族たちだっておまえを軽んじることなどできなかったはずだ」

シシィは息を詰めた。

もしかしてヴィハーン、まだ気にしていたの？　僕が孤児で、皆に下に見られていたことを。だからここに連れてきた？　ユーニスたちの威光を得ることによって、二度と侮辱されないように？

「僕、大丈夫なのに……」

お姫さまに何をされてもシシィは平気だった。貴族たちだって、一回目の暴走後に痛い目に遭った人が出てからはなりを潜めている。こんなに大事にしてくれる必要なんかない。

……ないのに。

また涙が溢れそうになる。

「おまえが大丈夫でも、俺が大丈夫じゃない。だからこれは俺のためだ」

こんなことを言ってくれる人が僕のつがいだなんて。自分は何て幸せなのだろう。

「い、一族の人は皆、大神殿の中に住んでいるんですよね？　僕まであそこで暮らせって言われたらどうするつもりだったんですか？」

　このままだとまた大泣きしてしまいそうだと話を逸らそうとしたらヴィハーンが目を細め嗤《わら》った。赤い瞳が一際冷酷な光を放つ。

「見極めは先につけてある。彼らがおまえにふさわしい家族だったから、俺は引き合わせると決めたのだ」

　シシィはゆっくりと息を吸って、吐いた。

　つまり、彼らがシシィにふさわしい家族ではないと思ったなら、ヴィハーンは引き合わせないつもりだった。

　横暴だと怒るべきなのかもしれない。でも、シシィにはわかった。ヴィハーンがどうしてそんなことをしたのかが。

　——僕を傷つけないためだ。

　確かに、もしずっと夢見ていた本当の家族が酷い人間だったら、シシィは衝撃を受けたに違いない。でも。

「心遣いは嬉しいけど、隠し事はなしにして欲しいです」

「それは俺の台詞だ。迷宮攻略から抜けるつもりだったと聞いた時の俺の気持ちがわかるか？」

「う、それは……」

　どうやら自分たちは似たもの夫婦だったらしい。シシィが眉尻を下げると、それまで丸っこい耳をぴんと立ててやりとりを聞いていたアニクがぴょんと自分の席から飛び降り、シシィの膝に抱きついてきた。

「かあしゃ、いじめちゃ、め！」

シシィが目を潤ませていたせいで、誤解したらしい。

ヴィハーンの目が僅かに見開かれる。愛息子の非難にショックを受けたらしい。

シシィはふっと吹き出した。ヴィハーンがとても可愛らしく感じられたからだ。

「わかった。僕も反省するから、ヴィハーンももうしないって約束してください」

「む」

「じゃないと、アニクにもっと、めっ！　してもらいます」

アニクの両手を摑み構えさせると、ヴィハーンは両手を上げた。

「わかった。約束する」

——でも多分、また何かあったら、僕たちはまた嘘をつく。つがいが大切だからだ。

困ったことだけれど、仕方がない。

シシィはアニクにありがとうとキスすると、ヴィハーンとも唇を重ねた。

こんにちは。成瀬《なるせ》かのです。

シシィとヴィハーンの迷宮シリーズ、三冊目です！

ずっと書いていたかったですが、ひとまず完結。私なりの『迷宮』を書き切ることができました。これも読んでくださった読者さまのおかげです。ありがとう、ありがとう。書かせてくださった編集さまにも大感謝です。

三冊に渡って挿絵を書いてくださった央川《おうかわ》みはらさまも、ありがとうございます！　最高に可愛い幼な子たちや魅力的な主人公たち、異国情緒溢れるイラストのお陰で素敵な本に仕上がりました。

この本に関わってくださったすべての方に感謝を。

そしてまた次の本でお付き合いいただけると嬉しいです。

成瀬かの

CROSS NOVELS既刊好評発売中

いいかげん、俺と結婚すると言え

獣人アルファと恋の迷宮

成瀬かの

Illust 央川みはら

養い親を亡くし孤児シシィは迷宮都市へとやってくる。

二十人もいる幼い弟たちを養うため、死に神のように禍々しい姿をしたオメガ嫌いの獣人・ラージャと組んで迷宮へと潜り始めたシシィはベータだと思っていたのに突然発情期に襲われ驚愕。

激怒したラージャに嘘つきと責められた挙げ句激しく抱かれ妊娠してしまう。

一人で子供を産む決意をするも、気づいたラージャが求婚してきて——。

プロポーズは子供ができたから？　それとも……？

CROSS NOVELS既刊好評発売中

獣人のアルファの
独占欲の強さを知っているか

獣人アルファと恋の暴走

成瀬かの

Illust 央川みはら

孤児のシシィは迷宮都市随一のアルファである公爵子息・ヴィハーンの運命のつがい。

子も授かり幼い弟たち共々公爵家で幸せに暮らしていたが、ある日迷宮で魔物に襲われる男を助けたら、「そなたこそ我が運命のつがい」と求愛されてしまう。

男は魔法大国の皇子だった。シシィを巡り火花を散らす二人のアルファ。

折悪しく暴走を起こし迷宮から溢れ出る魔物たち。発情期のオメガのにおいは魔物を誘う。

うなじを噛まれたシシィにヴィハーンは獣人の性を抑えきれず……！

CROSS NOVELS

CROSS NOVELS既刊好評発売中

……るー、おっきくなってもいいの……？

竜の子は婚約破棄を回避したい

成瀬かの　　Illust 八千代ハル

「兄上、僕にこの子と結婚しろと言ってる？」

王弟ノアは、兄王に推定二歳の幼な子ルアンを婚約者にあてがわれ茫然とする。

ルアンは実は必ずオメガに育つ"竜の子"で、成長後の美貌と異能とオメガの性を期待する貴族に囚われていたところを救い出されたばかりだった。

ルアンを守るため即座に婚約を決めるノア。

最初警戒していたルアンも惜しみなく愛情を注いでくれるノアを好きになっていく。

だが、婚約披露の夜、ルアンの躯に異変が起こって……!?